coleção
rosa manga

A CASA DENTRO DE MIM

Hilda Lucas

A CASA DENTRO DE MIM

1ª edição, 2023, São Paulo

LARANJA ● ORIGINAL

A casa é nosso canto do mundo, [...] nosso primeiro universo [...]. Antes de ser 'jogado no mundo', [...]o homem é colocado no berço da casa [...]. Quando, na nova casa, retornam as lembranças das antigas moradas, transportamo-nos ao país da Infância Imóvel [...]. Vivemos fixações de felicidade. Reconfortamo-nos ao reviver lembranças de proteção [...]. Nunca somos verdadeiros historiadores, somos sempre um pouco poetas e nossa emoção talvez não expressa mais que a poesia perdida [...]. A casa abriga o devaneio e protege o sonhador.

Gaston Bachelard, *A poética do espaço*

Para minha mãe,
minha primeira casa.

O mundo começa em casa

um rio de palavras

No sonho o trem cuspia palavras, e elas voavam luminosas inventando estrelas semeando a terra fecundando os bichos plantando peixes no rio e histórias na cabeça dos meninos, e tudo tinha um nome secreto. Quando a chuva caía, vertia palavras sobre os telhados das casas, e as paredes ficavam cobertas delas – aguadas escorridas diáfanas, quase sussurros. O vento derrubava palavras maduras das árvores, e a gente se lambuzava. Naquele lugar não existia dicionário, só imaginação. As palavras voavam brotavam luziam. Moravam conosco, eram cozidas no fogo da nossa cozinha e postas para dormir com os bebês. Soltas no mundo. Vivas. Sendo princípio de tudo. Tudo nomeando. E eu no sonho, lembrando do esquecido. Sim, eu sabia que as palavras nasciam do rio. Por isso ficava horas debruçada sobre as margens, vasculhando as águas escuras com olhos de martim--pescador, sobrevoando tocando triscando a pele do rio, esperando pelas palavras, para quem sabe vê-las despertar ou nascer.

Sabia que tudo estava lá, o nome de todas as coisas e de tudo que se sente. Todas as palavras. As que minha mãe não dizia. As que eu inventava. As que só os juízes os loucos e os padres falam. As palavras que os anjos sopram quando se nasce ou se morre. As que ainda não existiam. As palavras, as palavras, todas elas. Mudas fluidas lisas. Submersas em silêncio e gestação. E eu ali, naquele desatino alumbrado, fugida de escola, de catecismo, de sopa e de surra, me bastando. Só, mais o rio. Só, mais aquele sonho, que não era mais que a saudade da minha imaginação. Imaginava se *burnó* era um tipo de tamborete e se *genepi* era um nome para chamar minhas partes de baixo. *Musselina* devia ser uma flor, cor-de-rosa, com certeza. *Neófito*, o bicho que dá na goiaba madura. *Prosopopeia* é trovoada, e *fênix* o lugar mais bonito do mundo. *Prepúcio* é o nome de quem faz presépios de barro, e *oncologista* um caçador de onças. E o rio lá, a passar palavreando, falador me tentando com recém-nascidas *lubambo, chibungo, mironga, gabarola*. E eu repetia repetia virava eco, ficava zonza dando corpo às palavras assuntando cismando devorando sendo engolida por elas. Ainda não tinha aprendido *dervixe* nem *epifania* e achava que *graça* era só rir das coisas, e não aquele estado da minha alma.

Mãe, hoje aprendi *astroso e desluzido*. Filha, as palavras são maiores que o mundo, e o mundo começa em casa. E *casa* é a palavra mais bonita que existe. Olha lá! E minha mãe apontou o rio. Era hora do lusco-fusco. As mariposas e os louva-a-deus planavam sobre a superfície espelhada que se agitou levemente. Era a palavra que o sonho queria me dar. Saiu do ventre do rio feito a mãe-d'água, toda brumosa, coberta de limo, imensa, brilhante emergiu:

Querência s.f. (s.XIII) – lugar onde o animal nasceu, foi criado ou se acostumou a pastar e para onde volta por instinto, se dali for afastado.

No sonho, era tudo verdade, mas, na verdade, era tudo memória e fabulação. E o sonho me contava que há sempre um caminho de volta para casa. Não importa qual.

Casa s.f. – um lugar dentro de mim, feito de outras casas caminhos paisagens pessoas. A parte ínfima que me cabe do universo, onde cabe todo um universo. O canto no mundo sem o qual me diluiria num avesso de eco. A construção contínua itinerante inacabada que vai comigo aonde eu for. Etérea inventada documentada. Onde caminho reconhecendo lugares vozes rostos principalmente todas as minhas fases e faces.

querência

Era eu, mas éramos nós, os meninos, os netos. Éramos um bando, uma espécie de bem comum, como os curumins de uma tribo – éramos os filhos das filhas dos meus avós. Eu era eu e era todos eles, não havia uma primeira pessoa do singular, nem tempo futuro ou passado, apenas um imenso nós acontecendo num presente sem fim.

Descíamos as escadas em desabalada, uma enxurrada de meninos – bichos soltos, ávidos, que desaguavam no jardim. Era hora do banho de rio. Saíamos enfileirados pelas trilhas de terra que cortavam a grama, o pasto. Cada um levava sua toalha. Algum adulto levava o sabão Aristolino que fazia as vezes de sabonete e xampu. Os pés enfiados em sandálias japonesas ou alpercatas iam saltitantes evitando as poças d'água e os cocôs dos animais. O capim verdinho estalava e afundava quando pisávamos. Começávamos passando pelo roseiral do Mudo, pela frente da casa de Tintina – que era mal-assombrada –, seguíamos pela alameda de casas de empregados e íamos dando *boa--tarde, Caboclo; boa-tarde, Lió; boa-tarde, Carmela.* Íamos falando, cantando, mangando uns dos outros. *Malícia fecha a porta que o soldado vem aí.* Era imperativo dar essa ordem à planta, espécie de urtiga, antes de tocá-la com a ponta dos pés para que ela se encolhesse e fechasse. Das vagens das acácias retirávamos as sementes em forma de pastilhas, muito úteis nas brincadeiras de cozinhado, e do chão, catávamos as mangas maduras, numa disputa de igual para igual com os pássaros e os porcos. As meninas iam desfolhando bem-me-queres, e os meninos, procurando ninhos e ramas de cansanção. Dos degraus das casas simples, crianças seminuas nos assistiam com olhos e barrigas enormes. Era comum ver uma irmã mais velha cuidando dos pequenos, catando piolhos, trançando-lhes os cabelos, dando--lhes de comer. Muitas vezes, havia jacas estateladas expondo seus bagos viscosos, exalando um cheiro enjoado de tão doce. *Jaca mole ou jaca dura?* Se era dura, eu gostava, se mole, não, por causa do visgo que só desgrudaria com óleo de coco ou azeite. Era a mesma coisa com os cajus. Uma bacia de caju era uma festa de cor e perfume, mas a nódoa do caju era triste, estragava nossas roupas, e a cica podia ficar na língua da gente por horas. Passávamos por uma casa de tropa, onde eram guardados os arreios e os caçuás dos burros, depois tinha o depósito do milho das galinhas e dos porcos. Nas estacas, eram postas as panelas que depois de areadas luziam ao sol, e os varais amparavam lençóis, roupas e mantas de carne. Havia sempre um menino de guarda para espantar os urubus dos varais. Nos dias de estiagem, a roupa era estendida sobre a grama para quarar, e, assim, parte do pasto ficava colorida como uma colcha de retalhos. Formigas abelhas gansos galinhas cachorros e carneiros seguiam conosco ou cruzavam nossa trilha. Os cuidados eram com as lagartas-de-fogo, as vacas paridas, os marimbondos e as cobras. Cantávamos *Mariana conta dois, Mariana conta dois, é um e dois é Ana, viva Mariana, viva Mariana*, até que começávamos a embaralhar tudo, pois era impossível contar de trás para a frente quando a vida e o rio não paravam de correr. O caminho até o rio era longo para nossas pernas de meninos, mas não era apenas um caminho, era o mundo todo que íamos provando, cheirando e entranhando debaixo da pele, atrás dos olhos.

Chegávamos ao rio e tínhamos de descer um barranco que era sempre muito escorregadio. Lembro da textura macia da lama entre os dedos dos pés, os degraus de alturas desiguais escavados na terra, alguns troncos de arbustos onde nos segurávamos para não escorregar, uma pedra maior, onde precisávamos sentar para descer sem cair e, depois, a água amarelada alcançando nossos pés. Para nadar e tomar banho tínhamos de chegar até o meio do rio, mas até lá havia um caminho de pedras submersas e limosas. Lembro das pedras do rio. De todas. Depois que passávamos pela parte de areia fina, raízes, folhas podres e cascalho, vinham as pedras. A primeira era arredondada e escorregadia, descíamos de bumbum; a segunda era a pior, na verdade eram duas muito pontudas, tínhamos de pisar num vão estreito onde um de nós uma vez torceu e quebrou o pé; a terceira, em compensação, era uma alegria: uma espécie de trampolim de onde nos atirávamos livres num misto de voo e mergulho. No rio, piabas e baronesas nadavam conosco. Na época das enchentes havia o perigo das cobras-d'água – as cegas e sonsas cobras-d'água –, mas na maior parte das vezes, éramos só nós e o rio, que naquela hora da tarde ficava dourado, enfeitado de libélulas e mariposas. O rio era manso, refletia o céu e as árvores – espelhava minha terra, retinha o tempo. O rio passava por dentro de nós para chegar ao mar e por isso ficou para sempre represado em cada um, suspenso, investido de imobilidade. Saíamos de lá com as mãos e os pés enrugados e a alma lavada. Saíamos cheirosos e famintos. Nos secávamos embaixo da imensa acácia plantada por vovó e fazíamos o caminho de volta, na mesma hora que o gado retornava aos currais. Era a hora do aboio. Lió, o vaqueiro, soltava seu canto triste que penetrava nas matas, nas brenhas do cacau e fazia todos os bichos e todos os homens se recolherem em algum lugar. Nós crianças, voltávamos para casa, a casa de onde nunca saímos e para onde voltamos quando nos afastamos de nós. Sim, existe uma casa dentro de mim, uma casa e um caminho que percorro de olhos fechados sempre que preciso me salvar, me exilar, me reconhecer.

sereno

Sai do sereno, menina!
O sereno chegava sempre antes do cansaço. Os meninos soltos, o gado no pasto, as maritacas no céu, as galinhas ciscando estúpidas, e o sereno caía, serenando tudo. O mundo se recolhia para dentro de alguma dobra. Os meninos iam para casa, o gado para o cercado, as maritacas para a mata escura, e as galinhas tontas para o galinheiro. Tudo silêncio e sumiço.
As coisas da noite aguardavam quietas atrás dos véus feitos de lusco-fusco e poeira de poente. Tudo suspenso, esperando ser ou deixando de existir. Hiato. O sereno vinha tão quieto que as coisas do dia – sempre tão ocupadas em luzir – nunca se apercebiam dele. (De que porta, de que fresta, de que nuvem saía o sereno?) Ao contrário do sol, o sereno não raiava espetacular, mas germinava tímido a semente da noite.
Com ele vinha uma umidade luminosa, um quase suor nas plantas, nos caules das árvores, nos cabelos dos meninos. Gotas

ínfimas, resíduos do dia. O nome disso é orvalho, dizia minha avó. E eu sabida pensava: isso é saudade do sol.

A terra resfriava, trocava de roupa. Uma cerração azulada saía do breu do mato cobrindo de sono tudo que vivia. O bafo da terra molhada, o hálito do mundo, sussurros na escuridão, lá se vai mais um dia. O sereno anuncia a noite – trombeta silenciosa feita de vaga-lumes, mariposas e névoa. Acalanto. *Serenô, eu caio, eu caio...*

E a cauda da noite – teia de luminescências e silêncios – desabava feito nebulosa cintilante sobre a casa e a fazenda, sobre as gentes e os bichos, sobre o tempo. Invólucro. *Serenô, deixai cair...*

Uma quietude melancólica quebrada por mugidos tristes, latidos ermos e pelo falatório das cozinheiras se acomodava pela casa. As lamparinas eram acesas, as velas dos santos lançavam sombras e arrepios na sala, e a lenha estalava no fogão. Aconchego. A luz inventada acalmava o banzo do dia. Lá fora, a noite soberana despejava sobre nós sonhos assombrações anjos e sacis.

De manhãzinha, pisaríamos o chão ainda encharcado de orvalho, e nossos pés se enfeitariam de terra úmida e grama molhada até que o sol arrebentasse a casca da madrugada, alvorecendo o mundo, derramando luz, abrindo as porteiras dos currais, as portas das casas e as telas do galinheiro, e nós, os bichos e os meninos, correríamos animados, confiantes em direção ao dia. Nossas sombras, restos da noite, correriam também, afoitas e cegas, fugindo da luz, buscando em nós abrigo e avesso.

o trem

Era mais que uma viagem e começava na véspera com preparativos frenéticos e a insônia que invariavelmente nos assaltava. Encontrávamo-nos na estação. Crianças caixas malas empregados baús acumulavam-se e amontoavam-se. Tudo carga, tudo carregado. As coisas carregadas de coisas, e nós carregados de excitação e alegria.
Minha avó usava lenço de seda na cabeça, saia cáqui, jaleco de linho, numa mão uma bolsa de crocodilo e na outra uma cesta quadrada de palha, de onde saíam bastidores com bordados em andamento, agulhas e linha para crochê, terços, sequilhos e livros. Meu avô, senhor da cena, usava um guarda-pó de cambraia inglesa sobre um terno claro impecável e chapéu de caçador para proteger-se da poeira e das fagulhas.
Ocupávamos um vagão só nosso. E lá íamos nós, o bando de meninos, os netos, a criançada.
Café com pão, bolacha não;

Café com pão, bolacha não.

É isso que o trem fala quando começa a andar, dizia meu pai, e eu ficava intrigada com um trem movido a café com pão, mas sacramentava tudo que meu pai contava.

O trem saía da estação, percorria a cidade pela rua da Linha e logo desaguava no caminho verde que nos levaria à fazenda. Lá fora, o mundo explodia paisagens e impressões. Um lá fora imenso quente úmido e colorido que entrava pela janela e pelos nossos olhos, tatuando nossas retinas, desenhando um caminho na memória.

O trem ia alegre, sendo trem: soltando fumaça, apitando, espalhando fuligem e vontades de partir ou voltar. Ia reluzente, descortinando o universo, chamando o povo humilde que acenava para aquele colosso. Os cachorros latiam, as moças sorriam, e as roupas balançavam nos varais. Tudo parava para ver o trem. Até o tempo ficava passando parado. E nós, rendidos, perdidos em alumbramentos, sendo meninos.

"Cuidado com a fagulha! Fagulha queima o rosto, faz rombos na roupa, sapeca as pestanas e pode até incendiar os cabelos. Eu mesmo fiquei careca por causa das fagulhas", dizia meu avô.

Mentira boa que nos fazia manter a cabeça sempre pra dentro.

Lá íamos nós, protegidos das fagulhas, expostos à beleza do mundo, irremediavelmente contaminados, só indo, num ir sem fim, porque o chegar podia esperar. Olhos grudados na janela, aprendendo a ver o mundo, a mata fechada, a franja dos coqueiros, as bananeiras carregadas e as lavadeiras nas pedras do rio, enfeitando com panos coloridos as margens e os barrancos. Os adultos liam, conversavam ou cochilavam, e nós fruindo o suspenso das horas, ocupados com mistérios e revelações, sem pressa.

A primeira estação era a do Iguape. Depois vinham Aritaguá, Sambaituba e Almada. Quatro estações até o nosso destino. Quatro aventuras até a nossa estação. Havia um alvoroço festivo de arraial e quermesse a cada parada. Uma singeleza circense, de feira medieval e teatro mambembe. Eram plataformas pequenas abarrotadas. E aquela gente fascinante invadia o trem ou cercava quem dele saía. Vendedores de tudo. Tabuleiros com cocadas, rolete de cana e bolinho de estudante. Lambe-lambes realejos ciganas vigários jagunços rameiras beatas vaqueiros mascates. Bacias de pitanga, cestos de caju, cordas de caranguejo, pencas de pitu. Poetas de cordel repentistas curandeiros. Passarinheiros coronéis esmoleres tropeiros. E toda a gente do mundo passando diante de nós, saudando meus avós, arregalando nossos olhos, alargando nossa alma. E eu pensava expandida que a mim bastava só tudo aquilo.

E assim seguíamos viagem, regalados e enriquecidos, comendo tabocas, trazendo nos braços pulseiras feitas com amendoim torrado enfiados em linha, que íamos mordendo aos poucos como quem desfia as contas de um rosário. E o trem cortando a floresta, espantando os macacos, desentocando os tatus, acordando as preguiças, assanhando os tucanos. Ia apostando corrida com nuvens de periquitos e esquadrias de andorinhas. E nós, os meninos, imitando o *café com pão, bolacha não*, adiando a chegada, eternizando a viagem, observando a mansidão do gado nos pastos e as filas de burros carregados de caçuás de cacau. Tudo passando e ficando em nós.

Desembarcávamos na estação do Rio do Braço. Seguíamos para a sede da fazenda de carro, carroça, a cavalo ou a pé. Durante todo o tempo que passávamos na fazenda, o trem passava conosco. Indo, vindo, chamando, trazendo pessoas, notícias, levando sacos de cacau, marcando as horas e as atividades. À noite, o apito do trem era triste e comprido. Quando ele passava sobre o pontilhão da Fazenda Progresso, a terra tremia, e nossos corações se assustavam com aquele trovão feito de ferro e fumaça. Era bonito ver o trem cuspir fagulhas no breu da noite, soltando efêmeras estrelas que luziam intermitentes e fugidias como um enxame de vaga-lumes antes de se perder no coração da mata e emudecer. O apito virava pio e depois lamento surdo. O trem sumindo na noite, calando os bichos e os meninos, antecipava um banzo, uma intuição sem nome, uma premonição de que tudo podia sumir. Trem fazenda avós pai mãe e a nossa meninice. Tudo no avesso dum trem chegando carregado de meninos.

Quando anos mais tarde li *Viver para Contar*, do García Márquez, me comovi com a descrição da viagem de trem para Aracataca. Era o meu trem, a minha viagem. O caminho para Aracataca-Macondo ou Ilhéus-Rio do Braço é o caminho da volta pra casa, feito de nostalgia, imaginação e imobilidade.

O tempo é o maior dos sumidouros. Mas a memória, a pele da alma, cuida das *coisas findas* e cria um eterno em nós. Ainda hoje, tomo aquele trem, não importa onde esteja. Colo meu rosto maduro no vidro da janela e volto investida de paisagens intactas, bênçãos paternas e da epifania da descoberta do mundo.

milagre miúdo

A sala dos santos não era bem uma sala, era uma espécie de capela que dava no corredor da casa. E não eram só santos que moravam lá, havia também os mortos. Das paredes, parentes imemoriais nos olhavam com melancolia e fome. Meninos vestidos de marinheiros, matronas com penachos no chapéu, coronéis em ternos impecáveis de linho branco. Um oratório de madeira pintada funcionava como casa para muitos santos. As imagens, em promíscua intimidade, formavam um amontoado de caras plácidas, resplendores reluzentes e mantos de veludo. Havia sempre velas acesas e flores em pequenos vasos de opalina. As toalhas eram trocadas de acordo com o calendário litúrgico, assim como as almofadas do genuflexório. Dois imensos vasos de alpaca com pequenas palmeiras ladeavam o altar deixando claro para aqueles mártires e beatos que eles estavam em terras tropicais.

Dentre todos os santos do altar, ela era a mais venerada: Santa Terezinha do Menino Jesus, a padroeira das pequenas causas, semeadora de rosas e alegrias simples. A imagem era uma preciosidade. Os olhos da santa, feitos de contas de vidro pintado, eram brilhantes e pareciam úmidos. Para nós, crianças, eram olhos desconfortavelmente humanos que nos seguiam curiosos. Passávamos sempre em desabalada pela sala dos santos e, mesmo correndo, fazíamos um sinal da cruz ou uma genuflexão apressada como um bater de asas. Tínhamos pressa e não nos ocupávamos com as coisas do Céu nem da Morte. Tudo acontecia lá fora, no rio, no quintal, sob estrelas cadentes ou um sol de eterno meio-dia.

Um dia entramos pela casa jogando bola. Bate numa parede aqui, arremessa dali, joga mais alto para fazer alguém de bobinho e lá foi a bola, voando para a sala dos santos, acertando o rosto bem-aventurado de Santa Terezinha, que por milagre não despencou nem perdeu a cabeça. Naquele instante, todos os mortos nos apontaram dedos acusatórios e fizeram muxoxos de reprovação. Uma chispa de desordem acometeu os santos diante do alvoroço que quebrou a imobilidade da capela. Nós ficamos aterrorizados, esperando raios maldições demônios e nuvens de gafanhotos caírem sobre nós.

Nada. Sequer uma chama se apagou. O tremor passou, e lá estavam os mortos e os santos novamente impassíveis em sua morada. Já estávamos de saída quando tomamos tento para Santa Terezinha, que sem olhos nos mirava. Dois buracos negros desfiguravam a expressão beatífica da coitadinha. Só pensávamos nos castigos das mães, nos pecados mortais, nos gritos do purgatório.

Começamos a procurar os olhos da santa e não foi difícil encontrá-los tristonhos e cegos num canto. E agora? Depois de muito deliberar, entre colar com cuspe, com visgo de jaca ou goma arábica, resolvemos colar com gotas das velas, o que resultou num excelente trabalho.

Os dias correram sem mais sobressaltos. Ninguém percebeu qualquer mudança no olhar da imagem, e nós fomos aquietando os corações e esquecendo o assunto, que virou segredo de fé. Não ousávamos sequer comentar o ocorrido fazendo do silêncio nosso mais forte aliado.

Já no fim da temporada, como de costume, vovó convocou toda a família para rezar o terço. Noite quente, a salinha apinhada, as velas ardendo, os santos e os mortos quietinhos e dá-lhe Mistério Gozoso, Doloroso, Luminoso e Glorioso. Vovó, que sempre acreditou em milagres, premonições e sinais divinos e tratava esses assuntos como manifestações corriqueiras, desfiava o rosário sem pressa, num compasso monótono, com devoção pungente. Ela recitava sozinha a primeira parte da Ave-Maria e nós, em coro, o Santa Maria.

Num dado momento, minha avó levantou os olhos e falou:
– Valei-me, Santa Terezinha! Valei-me, Nossa Senhora!
E então, diante da plateia incrédula, vimos rolar lágrimas dos olhos da santa. Os adultos persignaram-se, e minha avó chorou, o que nos deixou confusos e reverentes.

Não houve estardalhaço nem aleluias. Numa casa onde os véus entre os mundos eram diáfanos, conversa com morto, choro de santa eram tão naturais quanto a florada dos cacaueiros ou as chuvas de mariposas no verão. Espanto e graça sempre caminharam juntos por ali.

O fenômeno jamais se repetiu. As contas de vidro lá estão

coladas até hoje. A mágica absolveu o nosso delito. Depois daquilo, sempre que Santa Terezinha quis mandar recados, o fez por vias normais, através das rosas que sempre chegavam alvissareiras.

Entre as lágrimas de cera derretida, as excelsas e as de avó, fiquei com as da minha avó. Mas não passei ilesa. Virei devota de Santa Terezinha, a santa das causas miúdas e dos milagres singelos. A santa menina que compactua com os meninos e faz a Graça caber no pequeno da vida.

tudo umbigo

São muitas as vozes que soam na minha voz. Minhas lembranças não são todas minhas. Às vezes são de gente que nem conheci. Não vivi tudo que conto que lembro que invento, mas sou o fruto de tudo que me tocou me despertou me espantou.

Ando por aí, desde antes de saber caminhar, com os olhos abertos. Não, não vi tudo, nem guardo todos os detalhes nomes fisionomias. Me movo como um corpo difuso, que às vezes nem percebe a tempestade por me perder no ínfimo e no corriqueiro. Gosto do que se esconde, do que mora nos vãos, do que se revela entre suspiros sustos e delírios.

Quando lembro alguma coisa sei que é sempre algo vivo, que não se completou porque já passou. Ao contrário, o que eu lembro está sempre em construção. São muitas camadas de impressões muitos véus muitas fontes.

A luz da memória sobre os acontecimentos é feita de feixes. O foco é tênue, e as partículas dançam sobre rostos paredes paisagens para depois cair imantando as coisas de brilho sombra e fantasmagorias. Fogo-fátuo fugaz ouro de tolo, toldo de luz. Nevoeiro, nebulosa de estrelas mortas com seu brilho indelével. No firmamento e na memória, a beleza serena das luzes que já morreram.

Lembrar para contar é iluminar labirintos e trazer consigo um sem-número de percepções, réstias de palavras cheiros olhares. Quando saio do redemoinho da memória, vem comigo todo um universo, corpo que nasce impregnado de muitos sumos. Viagem aventura desembarque. Lembrar é sempre chegar a um lugar novo.

Ouço minha voz, e nela reverberam as vozes dos pais dos avós dos estranhos dos que nunca existiram. Soo por muitos. Sou muitos. A memória é reino celeiro incubadora imaginação.

Não moro na minha Memória, é ela quem me habita.

Lembro o existir. Lembro e existo. E logo desisto da velha lembrança para ter uma nova e voltar ao curso fluido incansável caudaloso da Memória.

Não há Morte enquanto há Memória. Nem o Tempo nem o perdido. Apenas os véus diáfanos que separam os mundos.

E lá vem minha avó dizendo:

– Cuidado! Assim você vai magoar a laranja.

– Ela tem um calombo, a coitada!

– É o umbigo dela.

As laranjas da minha infância eram muitas, mas a de umbigo era um mistério. Umbigo de infância. A protuberância com cara de nó de aleijão de cicatriz era uma aberração que escondia doçura e abundância. A casca encaroçada áspera não se cortava em fita, precisava de faca afiada e mão firme. A árvore ficava carregada com os galhos pesados da fruta exagerada que até umbigo tinha. E a meninada carregada também de laranjas nos bolsos nos chapéus nas camisetas, o caldo escorrendo pelos braços como veias amarelas inundando a pele. Em casa, as laranjas arrumadas na fruteira nos fitavam com seus umbigos insolentes empinados.

Uma laranja se desprende e rola em minha direção. Eu e ela, olhos arregalados nos encaramos. Ela vem certeira desafiadora, quase suicida, e eu mesmerizada pelo olhar do seu umbigo evito que caia da mesa.

– Não magoe a laranja, se cair no chão amarga.

E a voz da minha avó, o cheiro da laranja, meu encanto de estar no mundo, tudo lá, tudo junto, tudo rolando na mesa, no tempo sem pontas.

Tudo cordão, tudo condão.

Tudo umbigo.

socorro

Socorro é um nome que soa muito esquisito quando se tem seis anos.

A tia que eu nunca conheci chamava-se Maria do Socorro. Socorrinho para os pais. Socorro para as irmãs.

Dela havia uma foto no pequeno altar do quarto da minha avó. Uma morena bonita, com olhos brilhantes e sorriso maroto. Era uma fotografia quase ousada para aqueles tempos, pois Socorro trazia junto à boca, quase mordendo, um fio de pérolas brancas, que pareciam competir com os seus dentes. Havia provocação naquele olhar, ao mesmo tempo franco e jocoso.

Dizia-se que Socorro tinha um belo corpo e pernas espetaculares, o que justificava o número de admiradores e pretendentes. Era também muito brincalhona, mas tinha gênio forte, voluntarioso, e era capaz de emburrar, brigar, ficar de mal, vingar-se, pirraçar alguém até o desespero. Ah! Tinha a vaidade de Socorro, principalmente com os cabelos negros que trazia reluzentes de tanto escovar ou presos em tranças poderosas que lhe caíam pelas costas. Trago no imaginário essa tia bonita, uma Rita Hayworth tropical, que sacudia a casa com sua risada e suas vontades.

A história de Socorro se entrelaça de forma dramática com a história da minha mãe.

Minha mãe, grávida do primeiro filho, entrou em trabalho de parto na casa da minha avó. Naquele tempo, não havia maternidade em Ilhéus, apenas um hospital muito precário. O obstetra foi chamado e começou o que seria um calvário para os meus pais.

Minha mãe, com muitas dores, não conseguia expulsar a criança que estava muito alta, provavelmente com o cordão umbilical envolto no pescocinho. Foram horas de sofrimento, durante as quais toda a família se revezava em orações, promessas entre velas acesas e terços empunhados.

Num dado momento, o médico recorreu ao fórceps alto e, depois de muito esforço, tirou da minha mãe, que se esvaía em sangue, seu filho natimorto. Um menino grande, forte, que não resistiu à compressão dos ferros e veio ao mundo com dois tristes hematomas.

Socorro, que tinha loucura pela irmã e era dada a extremismos, ajoelhou-se e em alto e bom som implorou: *Minha Nossa Senhora do Perpétuo Socorro, acode minha irmã, não permita que nada lhe aconteça. Salva minha irmã e, se for preciso, me leva no lugar dela!*.

– Pare de dizer asneiras, menina! Pode passar um anjo torto e dizer 'Amém'! – advertiam os adultos.

O luto caiu sobre todos como uma espécie de torpor. Minha mãe jamais superou o trauma, e nós crescemos ouvindo: *Se o João Luís estivesse vivo, isso não me aconteceria....* Meu pai contava com lágrimas nos olhos de como ele saiu dali atordoado para registrar nascimento e morte e encomendar um caixão para o filho e da tristeza inominável que foi viver, sozinho com o meu avô, o "enterro de um anjinho".

Desde então, quando passava um cortejo carregando um caixão de criança, meus pais persignavam-se e abraçavam-se, unidos pelo laço daquela dor, pois nenhuma criança deveria ser impedida de vir à luz.

Socorro assumiu o papel de enfermeira dedicada. Cuidou da minha mãe com diligência amorosa, empenhando toda energia na recuperação da irmã. Foram dias pastosos de vazio e prostração. Minha mãe passava as horas num limbo febril de confusão e perplexidade. Anos mais tarde, no seu leito de morte, ela ainda falaria daquele dia de impotência e tristeza. Perder o filho foi uma espécie de fracasso para a mulher forte, diligente, que desincumbia com perfeição tarefas papéis e planos. Ela chorou muito e repetiu baixinho: *Era um menino lindo, parecido com seu pai. Meu filho João Luís... Sinto muita falta dele.* Naquele instante compreendi que, por todos aqueles anos, nunca deixou de existir a jovem mãe mortificada debruçada sobre o filho morto.

Minha mãe voltou para casa depois de uma semana, e Socorro foi incansável e delicada, ajudando-a a guardar e tirar da frente os vestígios do bebê que nunca chegou.

Depois de alguns dias, Socorro começou com uma gripe muito forte. Ficou acamada com dores de cabeça, febre alta, perdida em delírios sobre o sobrinho-anjo e Nossa Senhora do Perpétuo Socorro a lhe acenar. Um dia acordou um pouco melhor e decidiu que lavaria a cabeça, pois não podia aguentar os negros cabelos empapados de suor e convalescença. Era um desses dias de muita friagem. O vento sul soprava, sacudindo os coqueiros e as cortinas de cambraia bordada. Dia de xale, chá e sopa. Socorro passou um longo tempo no banho e outro tanto desembaraçando as madeixas. Dormiu com os cabelos ainda úmidos, mas muito cheirosos.

Acordou no meio da noite ardendo em febre. Quando o dia raiou, ela era um corpo entregue, afastada de si. Pálida, atônica, olhos vagos, ida embora. Morreu naquele dia para desespero e tristeza dos meus avós e de toda a família.

Meningite, disse o médico. *Pacto*, disseram as carolas. *Vaidade*, disseram as vizinhas e as empregadas.

Dor sem nome, dizia minha avó. *Tragédia*, pensava minha mãe, *ninguém se salvou*.

Falava-se que Socorro continuou por perto e que, como era muito alegre e espirituosa, jamais nos assombraria, só queria brincar. Toda vez que algo desaparecia de um lugar e aparecia, sem explicação, em outro, era atribuído às suas artes, assim como os ataques de riso incontroláveis e as reações teatrais de alguma filha ou neta. *Eta, se Socorrinho estivesse aqui, ia adorar isso...*

Para nós, sobrinhos de Socorro, ficou a força daquele sorriso, altivo e zombeteiro de quem viveu no zênite até os dezessete anos, e o pavor, que beira à maldição, de lavar os cabelos se gripados.

embalsamada

Era de fustão a colcha que me envolvia. Eram de algodão as palavras que chegavam ao meu ouvido. *Vamos, filhinha, está na hora.*

Eu era retirada da cama, cercada por almofadas que impediam a minha queda. Sentia o corpo mole, quentinho, flutuar até ser acomodada nos braços do meu pai. Meu pai cheirava a Acqua Velva e cigarro. Minha mãe me embrulhava para me proteger do sereno. Minha mãe cheirava a Fleurs de Rocaille e laquê.

Pelo corredor, um percurso de sons abafados. A madeira rangia, o relógio soava, os parentes mortos me olhavam das molduras, e as vozes eram moduladas como acalantos. A casa dos meus avós cheirava a óleo de peroba, raiz de sândalo e calda de açúcar queimado. Eu, o pacote, percorria os espaços sonolenta e rendida. Ainda não tinha nome para dar às coisas. Não sabia que aquilo se chamaria saudade. Era de cambraia bordada a teia que abraçava aquela casa.

Sentia, pelo jeito como o ar entrava no meu nariz, quando saíamos da sala para a varanda. A noite quente, úmida, o cheiro de maresia e de cacau torrado, o apito do guarda-noturno e o latido dos vira-latas da cidade me diziam que eu estava do lado de fora, no mundo que dormia. Era de veludo o ar que eu respirava.

Meu pai me acomodava no banco de trás do automóvel. Barriga para cima, olhos semiabertos lá ia eu, pelas ruas de paralelepípedos num sacolejo que mantinha meu sono embalado. Não sabia nada sobre números nem distâncias, mas, de um jeito só meu, ia contando os postes de luz amarelada povoados de mariposas. Pela janela, se alternavam os feixes de luz e o breu da noite, e eu sabia que chegava em casa quando a luz se aquietava e ficava parada, me espiando pela janela. Era de cetim o manto da noite que eu adentrava.

Então minha mãe me retirava do carro e me levava para dentro de casa. Subia as escadas com passos suaves, acendia o pequeno abajur, punha-me no berço – que cheirava a lavanda e roupa passada com ferro a carvão –, ajeitava a colcha de tricô sobre meu corpo miúdo e falava alguma coisa sobre um zeloso guardador. Eram de filó o meu cortinado e o véu que separa os mundos – o véu imaginário que nada separa, a névoa do tempo, o sono, o sonho, a memória.

a fuga

Nunca mais fui tão ousada. Aos três anos, sem a menor intenção, defini certa marca de coragem e destemor que jamais superei. Não sei se por tédio, por solidão, por saudades da minha prima ou pela vontade de vida além dos muros – intuída pelo falatório dos doidos, pelo chamado dos ambulantes, pela conversa das empregadas –, naquele dia resolvi passear. Sozinha. Sozinha, não, com Filu, um pastor-alemão.

Tudo que lembro é a hora que saí de casa. O resto me foi dado por relatos exaltados, assombrados, que rechearam as lacunas da memória com interjeições, "valha-nos Deus" e sinais da cruz, atribuindo ao meu passeio ares de quase tragédia.

Não sei como saí de casa sem ser vista. Empregados mãe irmã portas portões muros foram transpostos como se eu fosse invisível. Sim, há sempre um concurso de pequenos lapsos e suspensões para que algo grande aconteça. Ganhei a rua, nua da cintura para cima, munida apenas da minha chupeta e do meu cachorro. Minha intenção era chegar à casa da tia Têco. Com certeza falei isso pro Filu, pois eu não tinha noção do caminho. Confiava no meu bicho. Era abraçada a ele que eu nadava e ia longe, depois da arrebentação, para a admiração de todos. Montada nele, ainda usando fraldas, andava pelo jardim, soberana e protegida. Quando chovia, enfiávamo-nos os dois no quarto de brinquedos, e ele caçava as aranhas e as lagartixas que me causavam ojeriza, enquanto eu brincava distraída com minhas bonecas. Cúmplice e vassalo, fazíamos travessuras cruéis como enterrar os cágados nos canteiros do jardim. E quando os malucos passavam xingando e os mendigos insistiam em ficar sentados na porta da nossa casa, eu deixava que ele os espantasse com investidas pavorosas, às vezes até com mordidas ou arranhões.

Ganhamos a rua e perdemos o rumo. Debaixo de um sol escaldante, vagamos sem sinal da casa da tia. Eu, muito pequena, ele, enorme. Uma dupla e tanto, causando espanto por onde passava. De vez em quando alguém se aproximava para falar comigo, mas era recebido com rosnados e caninos arregaçados. Filu caminhava ao meu lado e à minha volta, me blindando, afastando os perigos e nos afastando cada vez mais de casa. Um amigo dos meus pais me reconheceu e tentou me pegar no colo, ao que Filu reagiu com latidos ameaçadores.

Naqueles dias da minha infância, não havia telefone. O tal conhecido foi de carro até o Banco do Brasil, onde meu pai trabalhava, para relatar o que acabara de presenciar. Meu pai saiu voando e nos encontrou perto do local indicado. Filu e eu, eu e Filu, sentados na calçada. Eu, provavelmente exausta, encostada nele, e ele de prontidão, atento e confiável.

Em casa encontrei minha mãe enlouquecida, chorando, gritando, andando sem parar. Quando viu o carro do meu pai chegar com a dupla de fujões, caiu de joelhos.

Não me lembro de nada disso, mas sei que foi assim.

– Estenda suas mãos, Maria Hilda – ela falou num tom novo, duro. Lembro apenas de levar duas palmadas nas mãos e de chorar surpresa, pois era a primeira vez que minha mãe me batia. – Por que você fez isso?

Perplexa com tamanha comoção respondi:

– Eu perguntei ao Filu se ele queria passear, ele disse que sim, e nós fomos.

Nessa hora, os olhos da minha mãe se voltaram para o pobre animal.

– Seu cachorro danado!

E dizendo isso deu uma chinelada no meu bicho querido, e aquilo partiu meu coração.

Filu saiu dali humilhado, encolhido, com o rabo entre as pernas e passou o resto do dia debaixo da cama da cozinheira. Eu fui mandada para o quarto "para pensar no que tinha feito".

Pensar no quê? A única coisa que doía era saber que o pobre cão apanhou por minha causa. De resto, não via nada de mau nem demais em sair para passear.

No dia seguinte, os tios, avós e vizinhos vieram visitar minha mãe e ouvir sobre a fuga de Hildinha. Os primos me olhavam encantados. Eu passei a ser a fujona. Isso despertava respeito. Eu não achava nada. Sentia o coração envergonhado pelo meu amigo.

Naquela tarde fugi de novo.

Fugi da sala e fui para a casa de Filu. Fiquei lá, enfiada, abraçada com ele. Remoendo a confusão do dia anterior, pedindo desculpas.

De repente um alarido:

– Meu Deus, será possível? De novo! Onde está essa menina?

Filu respondeu com latidos, me denunciando.

Eu não me lembro de nada disso, mas não importa, sei que aconteceu. A memória é uma sequência de demãos de tinta. As histórias de família são contadas por tantas vozes e ao longo dos anos vão ganhando novos tons, novas sombras, outros significados. Tudo para não deixar de existir, para continuar sendo memória história testamento.

Sim, aos três anos saí para passear com meu cachorro. Com certeza não era uma evasão. Era só um passeio que virou fuga, que virou pesadelo materno, que virou milagre de Santa Terezinha, que quase virou assunto de polícia, que virou folclore, que virou conversa na rua do comércio, na sala dos professores e no café do Banco do Brasil.

O Diário da Tarde veio fazer uma reportagem. "Aventureiros Mirins." Uma foto minha com Filu ocupava quase metade da página. Minha mãe contou sua versão com detalhes emocionantes. Surgiram até testemunhas descrevendo como o animal me defendia e como eu parecia tranquila. Meu pai era citado como ilustre gerente e pai devotado.

De tudo isso, só me lembro da fotografia. O resto é crônica de família.

criaturas do alto

Aquela criatura lisa, gelada, de olhos esbugalhados, quase translúcida que me espreitava do alto era minha versão tangível e cotidiana de assombração: as lagartixas no teto do meu quarto.

– Mãe! Tem lagartixa!

Pedia então para minha mãe prender bem preso o meu lençol embaixo do colchão para não deixar lagartixa entrar.

– Agora fecha os olhos e dorme, esquece a lagartixa, filha – respondia apaziguadora, espanando o pensamento ruim.

Já a minha irmã soava tenebrosa no escuro do quarto:

– Cuidado, porque se você olhar muito para ela, você hipnotiza a bicha, e ela cai em cima de você.

Pronto. Aquilo acabava com a minha paz. E não foram poucas as vezes em que a hipnose funcionou, e eu senti, horrorizada, o peso de uma lagartixa se estatelar sobre meu lençol. Houve uma vez, apoteótica e apoplética, que uma delas caiu bem na minha testa. Gosmenta e nervosa, se pudesse a coitada também gritaria. Sinto até hoje suas patinhas ligeiras correrem aturdidas entre sacolejões e urros. Achei que ficaria com cobreiro na testa, pois minha irmã me havia prevenido que lagartixas assustadas faziam xixi e deixavam uma marca indelével na pele da vítima. Por semanas, perscrutei no espelho a marca da lagartixa, uma predestinação às avessas, um estigma patético.

Os ataques nunca cessaram enquanto moramos na casa à beira-mar cercada por terrenos baldios – reino das lagartixas. Minha mãe sempre me acudia dizendo que as lagartixas eram necessárias, pois comiam os insetos e acima de tudo eram criaturas de Deus. Eu achava aquilo tudo detestável e desconfiava do bom gosto e do bom humor de Deus. Se era Rosália, a babá, quem me socorria, a coisa era mais selvagem. Vassouradas e chineladas via de regra acabavam com a raça da malfeitora, e eu voltava a dormir, vingada.

Grotesco mesmo era ver o rabo da infeliz sobreviver à dita-cuja, estrebuchando às cegas à procura do resto do corpo.

E assim foram-se os dias, os anos, a casa da minha infância. O medo de lagartixa se transformou em quase melancolia. Na minha casa de campo, moram muitas lagartixas. Acho que elas têm mais medo de mim do que eu delas. Tenho certeza de que elas não se desprenderão do teto sobre mim, mas às vezes surpreendo um par de olhinhos pretos esbugalhados me assuntando, medindo forças, reconhecendo a antiga inimiga em mim. Penso nas vassouras e nos tamancos da babá e me encho de valentias, lembro do discurso panteísta da minha mãe e me enterneço.

Medo de lagartixa... Que medo bom de ter, penso antes de apagar a luz e puxar bem puxadinho o lençol sobre todo o meu corpo.

cura

Imaginava a cena do pai, lindo, com cara do Paul Newman, num terno de linho impecável, entrando na padaria para comprar pães em forma de camelos tartarugas jacarés e elefantes.

Imaginava os padeiros felizes, cantarolando enquanto esculpiam todos os bichos da Arca de Noé, e do imenso forno saíam marchando leões serpentes coelhos e borboletas.

Imaginava as luzes piscando, uma música de orquestra americana enchendo o ambiente e os balconistas vestidos com smokings, sapateando sorridentes, acenando com pães de animais com olhos de geleia.

Imaginava todos os transeuntes parados estupefatos, tangidos pelo encanto do momento, aplaudindo seu pai, os padeiros e os balconistas, todos banhados de luz e purpurina.

Imaginava o pai entrando no carro com o pacote morno e cheiroso, dirigindo até sua casa, enquanto as multidões aplaudiam e os coqueiros curvavam-se reverentes.

Imaginava sua mãe esperando-o à porta, como uma Lauren Bacall morena: batom vermelho, pega-rapaz na testa, blusa de ban-lon, saia plissada, e depois de beijá-lo dizer:

– A catapora já está secando, ela tomou um banho de imersão com permanganato de sódio e está esperando você para dormir.

Imaginava os dois entrando no seu quarto. E ela numa camisola de cambraia, sob uma nuvem de talco mentolado, unhas aparadas no sabugo para não arrancar as casquinhas das feridas, e o corpo mole de banho e febre. Imaginava a lufada de Fleurs de Rocaille, Hollywood sem filtro e cheiro de pão fresco invadindo seu quarto de enferma.

Imaginava que o tempo não existia e que eles entrariam no seu quarto sempre que ela adoecesse.

Imaginava que convalescença era algo que só acontecia depois que eles saíam, e ela, entre fascínio e dó, comia rabos de jacarés, cascos de tartarugas e orelhas de coelhos.

Por muitos anos, imaginou que aquele era o milagre dos pães.

desassombrado

Os dias eram feitos de sol a pino, de meios-dias sem fim, e as badaladas dos sinos anunciavam um tempo modorrento, alheio a ponteiros. Era longo o meio-dia. Corríamos para casa com nossas sombras mínimas, recolhidas para dentro de nós. No silêncio morno e sombrio das salas e dos quartos, comíamos e dormíamos esperando o meio-dia acabar. Não havia pessoas nem sombras nas ruas, só o sol esparramado, grudado nas paredes, entranhado nas calçadas, que, expulso das casas e das igrejas, vagava desamparado, vertendo solidão.
O sol do meio-dia só melhorava depois das quatro horas.

uma casa para contar

Na praça Ruy Barbosa ficava a casa da minha avó e muitas outras. Casas dos outros. Casas outras. Outras coisas.

O sol sempre espalhafatoso e acachapante era banido por venezianas e cortinas e exilado na praça. Não havia sombras. Só a exígua sombra projetada por nossos corpos fincados entre o sol e a Terra. As casas se fechavam em copas. Corpos fechados, pálpebras cerradas. O que se passava nas casas dos outros era sempre velado, acontecia por detrás de postigos persianas xales de veludo.

Para transpor as portas, transpunha-se antes a sombra cálida dum entre mundos. Os olhos ficavam ofuscados por segundos. Havia sempre um lusco-fusco nesse entremeio. Vestíbulo. Iniciação. Entrar na casa dos outros era sempre abissal.

A casa da família Barros era ocre e cheirava a óleo de peroba e jaca madura. O chão rangia, e das paredes os parentes mortos espreitavam invejosos. A sala de visitas ficava logo à direita, e nela as moças da casa. Bobes no cabelo, lendo Grande Hotel, fazendo as unhas e ouvindo novelas de rádio. As moças eram as duas irmãs: Lourdinha e Ana – que não tinham sequer dezoito anos –, e a tia Nete, já trintona, aflita com o passar do tempo e o não passar de pretendentes. Era uma verdadeira sala de espera. As moças suspiravam, falavam frivolidades, trocavam segredos e esperavam o amor, o pecado, o rapto.

A sala de jantar era imersa em penumbra. Nela desaguava a escada que vinha dos quartos, dela vertia a escada que ia para o porão e debruçavam-se janelas para a varanda da cozinha. Havia ali um oratório abarrotado de santos, velas e flores de plástico. No meio de tantas imagens, saltava uma arrepiante Santa Luzia exibindo os olhos numa bandeja. Não bastassem os olhos persecutórios dos mortos, os olhos extirpados da santa a tudo assistiam.

Na varanda da cozinha, uma mesa comprida servia de despensa. Embaixo, latões de leite, garrafas de azeite de dendê, pencas de banana e de coco, espigas de milho, sacos de farinha, arroz e feijão. Em cima, uma insólita fileira de cascos de tatu carregados de cebolas, batatas, tomates, alho e pimentões. A copa de uma jaqueira colossal cobria o quintal e deixava tudo fresco e úmido, e o sol se espremia entre as folhas para fazer amadurecer as frutas e aquecer as moscas e lagartixas.

O porão era interdito às crianças. *Tem ninho de rato, escorpião e o esqueleto de um padre*, rezava a lenda eficiente que nos mantinha a distância. Da lista de horrores, o que mais me impressionava eram os ninhos de rato. Achava que ali, naquele porão, eram gerados terríveis ratos voadores.

No andar de cima os quartos eram quatro. O do casal, espartano e quase hospitalar, não fosse um lustre de cristal imenso sobre a cama. O das irmãs moças, com uma penteadeira afrancesada cheia de frascos de perfume, pó de arroz e caixas para brincos grampos fitas. O da minha amiga Fátima, que dormia com a tia Nete, e o do Jorginho, irmão dela, que dormia com o avô, seu Guimarães.

De tudo que lá eu vi, ficou a lembrança da dentadura de seu Guimarães boiando num copo d'água. Imensa rosada aposentada. Sorriso afogado sem cara. Ele, o dono, vagava pela casa de pijama e chinelo, desdentado, cheirando a urina, quase translúcido em sua pele plissada espetada de barba branca. Dançava aéreo, alheio, deslizava miúdo, invisível entre os vivos. Jorginho, o neto, ameaçava-o de trancá-lo no porão. Ele apenas sorria – boca murcha, riso mudo – e rodopiava, ido embora. Incólume às ameaças, aos escorpiões, à solidão.

– Acho que seu avô já meio morreu e esqueceram dele aqui em cima.

Imaginava o copo com a dentadura indo morar no oratório, junto com os olhos de Santa Luzia.

Minha amiga ria e dizia que eu pensava coisas esquisitas.

Quando saía daquela casa, passava pelo processo inverso. Descia as escadas com cuidado. Eram dezoito degraus. Do décimo avistava a varanda e via os tristes cascos vazios de tatu, investidos de insólita utilidade. Atravessava a sala, reverente, sentindo os olhos dos santos e dos mortos lamberem minha nuca. Fazia uma oração relâmpago para Santa Luzia: *não me cegue, não me siga*. Passava pela sala da frente, ouvia um resto de bolero ou de cochicho de moça, sentia um rastro de acetona e adentrava o vestíbulo. Entre portas. Antessala. Êmbolo. Girava a maçaneta e me lançava na praça. Tonta de tanta luz. Solta sob o sol. Eu e minha sombra alongada de fim de tarde. Minha sombra chegava antes de mim no portão da casa da avó. Mas era eu quem entrava. Carregando outras casas. Outros casos. Encharcada de sombras e sol.

colhendo perigo

A casa era cercada por terrenos baldios.

Isso garantia lagartixas de todos os tamanhos, aranhas-caranguejeiras, gravetos para acender o fogo entre tijolos e brincar de cozinhado, esconderijos perfeitos e, acima de tudo, o arsenal de munição para as guerras de mamonas.

Quando os primos se reuniam, era lei, sempre tinha guerra.

A tarde prometia. A batalha era certa. Naquela manhã ela se embrenhou no mato para juntar as necessárias bolotas espinhosas que, quanto mais verdes, mais eficazes. Já estava com o balde quase cheio quando percebeu um movimento atrás da moita. Pensou que era seu cachorro. Chamou-o. Nada. De repente ouviu:

– Ei, menina!

Olhou em direção ao som, viu um homem com uma cara muito estranha. Não era a cara, o nariz ou a boca que eram estranhos. Eram os olhos ora revirando, ora quase saltando das órbitas. O fio de baba escorrendo da boca aberta, o corpo se sacudindo como se estivesse estrebuchando.

– Chega aqui.

Ela não se aproximou, não saiu do lugar. Achou que o homem segurava uma moringa entre as pernas. *Uma moringa entre as pernas?* Pensou desconfiada experimentando a lucidez das vítimas. Não, não era uma moringa. Era uma coisa flácida, elástica, que ele sacudia sem dó.

– Vem aqui, vem.

A coisa parecida com moringa havia crescido, mudara de aspecto, e o homem chorava e grunhia ao mesmo tempo. Pensou que aquilo era uma doença horrorosa, uma espécie de ataque e teve medo de ser contagioso.

Ouviu seu cachorro latir. Tomou tenência. Saiu desembestada, certa do perigo sem nome, do vírus sem cura, da baba contaminada, do bote certeiro. Saiu derramando mamonas pelo caminho, deixando para trás uma trilha verde fantasmagórica, a trilha inaugural dos seus medos e sobressaltos.

inaugurando o passado

– E tem mais uma coisa: Papai Noel não existe!

A frase, pronunciada com raiva, me fez congelar no meio do salto. Estátua. Virei uma estátua e só não morri porque aos sete anos não imaginava que pudesse morrer de susto ou de segredo revelado.

Estávamos eu e minha irmã esperando um carro que viria nos buscar para ir à casa dos nossos avós. A notícia surpreendera a todos no meio da madrugada: vovô tinha morrido. Minha irmã, já com doze anos, estava assustada e triste. Eu, sempre ocupada com as coisas da vida, até aquele dia achava que pessoas queridas não morriam, só os outros, os bichos, as árvores.

Enquanto aguardávamos a condução, eu brincava pulando no meio-fio, ora alternando os pés, ora de trás para a frente, indiferente ao hálito da morte, à consternação da minha irmã, irreverente diante da gravidade do momento.

Minha irmã, irritada com minha agitação e descompostura,

disparou o míssil devastador: *E tem mais*.... Hoje eu sei que o "e tem mais" era uma forma de dizer: se o vovô ter morrido não é suficiente para aquietar essa sua coisa buliçosa, segura essa: *Papai Noel não existe!* E foi com a alma inundada de "como assins?" que eu entrei no velório e vi meu primeiro morto. A ideia da inexistência de Papai Noel impedia minha concentração. Tudo que eu via parecia acontecer em outro plano. Para meu espanto o caixão estava sobre a gigantesca mesa de jacarandá onde era servida a ceia, na mesma sala onde todo ano era montada a árvore de Natal, e aquilo me pareceu de um mau gosto atroz.

Do meu avô eu via o nariz onde foram enfiados chumaços de algodão, as mãos entrelaçadas num terço, as solas dos sapatos e o que me pareceram estranhíssimas orelhas brancas de coelho, formadas pelas pontas de um guardanapo de linho que pairavam engomadas no topo da sua cabeça.

– É para segurar o queixo e não deixar a boca abrir – alguém explicou.

Minha irmã me olhava de viés. Triunfante com o meu estupor.

Minha avó chorava enquanto enfeitava meu avô com flores e ramos. Achei aquilo muito esquisito. Vovô ia achar muito ruim ser transformado num canteiro de flor. Pensei comigo: vovô amarrou aquele lenço para ele não reclamar das flores, isso sim!

Pensei no meu avô sentado na cadeira de balanço, nas notas tinindo e moedas reluzentes que ele sempre nos dava. *Vá comprar um picolé, vá!* Naquele instante senti saudade dele e de Papai Noel com uma dor que podia se chamar nunca mais.

Meus pais estavam num canto, muito solenes. Minha mãe

sem maquiagem, com um vestido preto, me pareceu uma daquelas carolas de igreja. Senti um verdadeiro pânico ao imaginá-la daquele jeito para sempre.

– Mãe, por que você não passou batom e não está usando brincos?

A sala foi se enchendo de gente. Mais gente que na noite de Natal. Só que não havia crianças, apenas eu e minha irmã. Era uma inundação de coroas de flores, velas, resplendores e imagens de santos tristes. Eu circulava meu metro de altura sem ser notada, entre mulheres gordas suadas com véus de renda negra na cabeça que puxavam ladainhas e homens que falavam entre dentes sobre o preço da arroba do cacau e as más condições do porto. Bandejas com licor de jenipapo, água de coco e bolachinhas de goma distraíam o gosto da morte. Um calor úmido escorria pelos rostos, murchava as flores, atraía as moscas. De onde eu estava, podia ver moscas passeando desabusadas sobre a testa do meu avô.

Pensei no meu avô vestido de Papai Noel com barba de algodão e uma roupa de cetim vermelho, com punhos e golas de astracã branco, que devia ser uma versão de caldeira do inferno naquelas noites tropicais de Natal. Ele entrava na sala tocando um sino, dando risadas, distribuindo presentes e as invariáveis notas e moedas cintilantes. Era vovô e era Papai Noel, sobrepostos, confundidos, inseparáveis.

Depois que o padre encomendou o corpo e antes que o caixão fosse fechado, alguém resolveu me suspender para que eu me despedisse do meu avô. Foi então que o vi por completo. Ceráceo, macilento, gelado, cercado por cravos-de-defunto e trazendo sobre cada uma das pálpebras uma moeda. Uma moeda novinha em folha, daquelas de comprar picolé.

Pensei em propor um pacto: vai Papai Noel, fica meu avô. Emudeci. Natal, avô, Papai Noel, cadeira de balanço, picolé, aconchego. O tempo foi inaugurado naquele instante – o passado começou a existir.

E tinha mais uma coisa que eu só entenderia com o tempo: avós não morrem nunca.

a travessia do pontal

Houve um tempo em que ir e vir, chegar e partir requeria uma delicada passagem. O ritual no qual experimentávamos o deslocamento que antecedia a partida e arrematava o regresso. Não havia até 1968 a ponte que unia a cidade à parte do continente onde ficava o aeroporto.

Íamos com malas e comitivas de despedida para o velho porto e lá tomávamos um "besouro". Os besouros eram pequenos barcos, verdadeiras lotações marítimas que faziam a travessia Ilhéus-Pontal. Eram embarcações simples e coloridas que tinham nomes como Senhor das Águas, Brinco de Iemanjá ou Coração Caboclo. Para entrar nos besouros, caminhávamos sobre pranchas bambas e estreitas de madeira, estendidas sobre as águas desde a escadaria do cais, segurando nas mãos calosas dos barqueiros.

Os bancos ficavam cobertos de maresia, e às vezes do piso minava água, o que invariavelmente molhava nossos sapatos e a barra das calças dos homens. À medida que o barco avançava rasgando o manto azul-escuro, aumentava o pipoco do motor, dos corações e das marolas lambendo o casco. Ia com a mão dentro d'água, água benta. Seguíamos em reverente silêncio. O mar respingava em nossos rostos e cabelos, aspergia nossas roupas e bagagens, num poderoso batismo, e a gente sentia o cheiro do vento, o gosto de sal e via os *botos*, que na verdade eram golfinhos, nadando ao lado do barco.

Quando voltava de algum lugar, era sentada naqueles barquinhos que eu retornava para dentro das fronteiras da minha pequena pátria, para pisar o chão onde meu coração estava plantado, a terra solar de milagres e mistérios expostos a um eterno meio-dia. Quando ia embora, aquele caminho de água era um preâmbulo, uma preparação: investia-me de tudo que fosse intangível, permitindo-me carregar o que não cabia em malas, vestindo brisas, palmeiras, enfeitada de conchas, intuindo anjos que voavam sobre nós, sereias que nos guiavam, e na cabeça modinhas, cantos de procissão, marchinhas de carnaval e pontos de candomblé.

Hoje penso naquela travessia como uma pausa entre mundos. Uma antecâmara. Abre-te, Sésamo; fecha-te, Sésamo. E todo o universo se descortinava ou se guardava. Aquela era a minha versão da Barca do Sol. Naqueles tempos, só a vida existia.

Assim, sempre que chegávamos ou partíamos éramos ungidos com água do mar e vento. Era essa a bênção da minha terra. E foi salpicada de maresia e saudade que um dia voei para longe dali.

países ambulantes

Quando entrei no avião que me levaria para longe, eu era uma mangueira arrancada com raiz, céu e um torrão de terra encharcado de húmus minhocas abelhas marimbondos lagartas sabiás e tico-ticos, que sentou gigantesca, transbordante na cadeira exígua, presa a um cinto de segurança. A cabeça cheia de vendavais e cantigas de roda, marulho e ladainhas, entretida com ontens e para-sempres, nem ouvia o vrum das turbinas nem o anúncio da chegada.

Feito palmeira desterrada, ainda enfunada de aragens mornas, vestida de luar tatuís estrelas-do-mar grauçás e quero-queros, desembarquei numa terra azul que não era minha. Lá ia eu, majestosa e exilada, em direção ao futuro. Abracei a nova paisagem, troquei de sotaque – pois é fácil amar o belo. Outras mudanças vieram, lá fui eu. Dessa vez, mangueira coqueiro cacau floresta da Tijuca Corcovado calçadas de pedras portuguesas e a cabeça toda bossa nova.

Aprendi a viver com saudade, sendo tudo que vi e vivi, costurando mundos numa colcha de retalhos, num cenário caleidoscópico de imagens que desfilam ininterruptas nas janelas da memória.

A saudade me ensinou a olhar as pessoas e imaginar paisagens submersas. Sei que trazem dentro de si remansos vastidões florestas marés. Andam com elas terras ventos gentes. Constelações estrelas cadentes eclipses que habitaram o céu da infância e cometas que cortaram o céu da mocidade. Cheiros gostos bichos plantas dormem nas dobras do pensamento e despertam sem mais nem menos no meio da cidade-exílio, do expediente, do cotidiano, do sonho.

Estamos sempre em trânsito, unindo mundos, lutando para caber em cenários diversos, pertencer a outras fronteiras, adquirir novas cidadanias. Seguimos juntando peças, alinhavando realidades, imobilizando imagens nas molduras, retendo gostos cheiros e impressões na superfície da pele, na retina, nas células que bailam ermas entre ondas elétricas e nostalgia.

Imagino nos ônibus, nos trens, nos escritórios por detrás dos olhos as alegorias das terras alheias. Alhures. Os buritis os cactos as dunas os pampas. Posso ver as casas de sapé, as redes, as jangadas. Posso sentir a vontade de sertão, de vastidão de quem veio de longe e se espreme em filas, metrôs, faixas de pedestres. Sei da saudade dos igarapés, dos ribeirões, dos olhos-d'água de quem olha pela janela dos arranha-céus. Nas gentes silenciosas nas fábricas, nos elevadores, rugem trovoadas em céus distantes, revoam bandos de pássaros forasteiros, caem dos pés frutas exóticas, soam sinos de outras matrizes. Algures.

Quantos pastos estradas veredas quintais se estendem além dos olhos fechados. Tudo sendo na memória, tudo dando contorno à alma, tudo sustentando o desterro.

Imagino as pessoas telas ambulantes. Imagino a avenida Paulista uma fabulosa instalação de paisagens andantes. As pessoas e suas terras natais, suas nascentes, suas casas paternas, suas paisagens sagradas, intactas, feitas de memória, imaginação e devaneio. Imagino florestas açudes vilas igrejas caminhando em forma de gente, como se fôssemos feitos de ar e imagens em constante mudança.

O mundo virou uma imensa plataforma de embarque e desembarque. Para suportar tanta mudança, tanta transitoriedade, carregamos nossa geografia, trasladamo-nos com nossas árvores rios vilarejos montanhas. Nas cidades grandes mundo afora, nos metrôs e nas ruas, lá estão, dentro das pessoas: pagodes monções baobás tigres incensos desertos oásis deuses exóticos deuses domésticos selvas lagos andinos auroras boreais.

A saudade me ensinou que existe uma geografia da alma. Somos constituídos de espaços que ocupamos, deixamos e trazemos inexoravelmente conosco. O lugar imensurável e de acesso restrito, só nosso, para onde voltamos sempre que nos perdemos ou nos estranhamos; onde o coração descansa e a alma se reconhece. O país que somos.

gostosa

Era um desses dias quentes, parados. Ela estava sentada no chão, com uma caixa repleta de roupas e acessórios para as barbies que aguardavam, despidas e despenteadas, pela sua boa vontade e disposição.

Estava lá, absorta em pensamentos vagos e preguiças de puberdade, quando a mãe lhe pediu que fosse até a padaria comprar cigarros.

Ela detestava fazer favores forçados. Sentia-se explorada. Toda hora lhe pediam alguma coisa. Se não eram cigarros eram revistas ou remédios. Na sua família havia um ditado que era seguido à risca: "Trabalho de menino é pouco, mas quem não usa é louco". Saía resmungando, pisando duro. "Está matando alguma barata?", perguntava a mãe, por pura pirraça.

Nesse dia, quando estava entrando na padaria, ouviu um homem falar para alguém: *Gostosa!*. Era um velho, de uns trinta anos, com um olho de peixe morto. Ela nem se mexeu. Imaginou a vergonha da mulher com quem ele falava e o quanto ela deveria estar sem graça. *Que nojo!*, pensava.

A padaria estava lotada de gente, e quando ela estava na fila ouviu a mesma voz: *Peitinho gostoso!*. Ela deu um jeito de olhar de relance e viu o tarado se espremendo por entre duas mulheres, tentando avançar entre as pessoas e, mais uma vez, teve pena da coitada que ele tentava abordar com aquela conversa infame.

Pagou o cigarro e, quando já se encontrava na calçada, ouviu mais uma vez: *Gostosa!*. O homem estava ali, parado como um poste diante dela, olhando-a com aquele olhar pidão, fazendo um grotesco movimento com a língua. Por um instante ela olhou o estranho, tentando decifrar a fala, o gesto, a expressão corporal. Depois, sentindo o mundo desabar e o chão se abrir, entendeu que a gostosa era ela.

Saiu correndo com um nó na garganta e as lágrimas represadas nos olhos. Puta e humilhada, assustada e envergonhada. Entrou em casa em desabalada agonia, olhou as barbies no chão esperando que ela retomasse a brincadeira e, estranhamente, se irritou com os peitos empinados das bonecas.

Correu até a mãe, atirou-lhe o cigarro no colo e, com a voz esganiçada de raiva, urrou:

– Odeio que você fume!

o último dia do passado

Vinte de julho de 1969. O futuro estava prestes a começar. Nada jamais seria como antes. O sonho impossível, o mais louco e mais antigo, ia virar realidade. A canção no ar "...poetas, seresteiros, namorados correi; é chegada a hora de escrever e cantar, talvez as derradeiras noites de luar...".

Era o último dia do passado. Um dia que amanheceu inquieto. A ordem das coisas parecia ameaçada. Havia no ar euforia, maravilhamento, descrença e um quê de charlatanismo. Havia no ar muito mais que aviões de carreira. A imaginação e a ciência viajavam num foguete. Videntes se pronunciavam, fanáticos anunciavam o fim dos tempos, cientistas esvaíam-se em explicações técnicas, e a gente simples desacreditava.

Nós éramos muito jovens, ainda indiferentes à história da humanidade, preocupados com nossas pequenas histórias, nossos primeiros beijos, nossos sonhos recém-sonhados, nosso microcosmo, nossos umbigos. Éramos fortes e sôfregos e nos sentíamos absurdamente vivos. Não precisávamos do futuro, só do viver, mesmo assim sabíamos que aquele não era um dia como os outros.

A lua cheia flutuava plácida. Espiava complacente. Combinamos fazer uma festa na praia. Tudo improvisado. Tocheiros, guaraná, cerveja, sanduíches, esteiras de palha. Pés descalços, cara lavada, cabelos longos, todos nós. A noite chegou com seu jeito imutável, soberana. Paramos os carros em círculo, faróis desligados, todos com os rádios sintonizados no programa do Big Boy, "A Mundial é Show Musical". Dançamos na areia sob o manto do luar. O mar tinha um brilho metálico, tranquilamente lunar. Johnny Rivers cantava "Summer Rain", e nós, entregues e livres, ríamos e nos deixávamos tocar, por música, lua e namorados.

Com a proximidade da hora, nos deitamos na areia, apagamos todas as luzes e ficamos imóveis olhando o céu, contando estrelas, pensando nos anéis de Saturno, em discos voadores, extraterrestres, na poeira cósmica, no cavalo de São Jorge e na face oculta das coisas. As estrelas pareciam despencar do firmamento, e o luar abraçava tudo, nossos corpos, as folhas do coqueiral e entrava impunemente pelas janelas e portas, brilhava nos copos vazios, no vinil dos discos, no capô dos carros. Caía sobre nós feito bênção e escorria para dentro dos nossos olhos feito rio. Acima de nós – tudo contendo e contemplando – a abóboda celeste.

De repente a música foi interrompida, e ouvimos incrédulos a voz emocionada do locutor: "Senhoras e senhores, a Apolo 11 acaba de pousar na superfície da lua! Neil Armstrong é o primeiro homem a pisar em solo lunar. O homem está na lua, e a Terra está em festa!'".

O tempo ficou suspenso. Depois outra frase: "Collins e Armstrong brincam e dançam na lua!". E, por fim: "O homem está mais perto de Deus!", proclamou, transido e místico, o radialista. "Um pequeno passo para o homem, um grande passo para a Humanidade", seria a manchete dos jornais. Lá estava o homem, desvendando mistérios, sozinho no Universo, criatura atônita, confirmando a inesperada poesia: a Terra é azul.

Por instantes a lua pareceu diferente, mais nua, mais perto, meio triste, menos lua. E nós, olhamos à nossa volta procurando imediatas transformações, sinais inequívocos do futuro.

Nada.

A música recomeçou e voltamos às nossas pequenas órbitas. Voltamos a brincar e dançar como fazem os meninos e os astronautas.

O futuro imaginado nunca aconteceu. Carros voadores, robôs falantes, casas em Júpiter, escolas interplanetárias nunca foram construídas. O futuro metálico e ingênuo dos Jetsons sucumbiria ao de Blade Runner e Laranja Mecânica. A corrida ao espaço perdeu espaço.

O dia seguinte amanheceu igual aos outros. A vida seguiria ordinária, e eu nunca mais dancei na areia, sob o luar.

Os astronautas viraram figuras românticas, datadas como os cowboys, os cruzados, os navegantes e os hippies.

Trinta anos mais tarde vi a Apollo 11 num museu. Sucata cósmica. A cápsula – geringonça mínima – é menor que um fusca. Senti o mesmo espanto de quando vi uma das caravelas do descobrimento. Cascas de nozes frágeis que desafiaram o desconhecido. E o homem lá dentro, insignificante e comovente sonhador. Sim, extraordinário é o homem.

olhos que te quero, olhos

Quando eu nasci, ninguém falou *ela é linda parece uma princesa ou vai ser clarinha como o avô*. Não. As tias e avós experientes e atentas falaram em coro: *vai ser curiosa, nasceu com os olhos abertos pondo reparo em tudo.*

E foi assim que cresci, nem linda, nem princesa, mas com aquele olhar de recém-nascido definindo meu estar no mundo, desenhando as palavras que eu ia escolhendo para tentar com sofreguidão nomear a incansável aventura de ver.

Entre epifanias dores delicadezas mal-estares, sigo de mãos dadas com meus olhos. Abertos, são um rio poderoso desaguando sensações dentro de mim. Fechados, são telas que projetam uma miríade de imagens em velocidade ora vertiginosa ora sonolenta. Não há trégua. Para o bem e para o mal. Ver. Desvendar. Desnudar. Decifrar. Revelar. Viver tem sido entender e expressar o que meus olhos me contam. Confio neles. Cegamente. Eles me são fiéis até quando me enganam.

Todo dia me acordam com aquela velha e comovente curiosidade, me põem de pé e, amorosamente, me jogam no mundo.

Todo dia eles me chamam pra vida e me contam histórias de mim, de todas as pessoas que eu sou fui quis ser abandonei no caminho matei inventei escondi de mim.

Todo dia eles me fazem rir chorar desenterrar mortos lembranças amores alegrias planos. Eles me contam segredos, me dão bronca e, quando eu digo que estou muito triste e por vingança não vou abri-los, eles mentem cometas auroras boreais cenas cinematográficas só pra me ver vencida entregue com olhos escancarados.

Se eu lhes pergunto quem sou eu?

Eles sorriem e respondem: você é o que você viu, vê e verá.

cheiro de bênção

Aos sete anos, eu queria ser igualzinha a ela. Queria ter pega-rapaz na testa, usar piteira de prata, ler Seleções Reader's Digest e ser a mais elegante da cidade. Só dormia depois que ela me beijava e carimbava minha testa com batom e deixava no quarto uma nuvem perfumada de Fleurs de Rocaille.

– Bença, mãe!
– Deus lhe abençoe, minha filha.

E então, uma legião de anjos, fadas e seres encantados despencavam sobre meu sono, e eu adormecia sorrindo.

Aos treze, eu não queria ter nada dela. Odiava quando diziam: *Você é a cara da sua mãe!* Tinha pena do meu pai, achava tudo nela exagerado: cabelo duro de laquê, boca muito vermelha, sutiã pontudo, unhas que pareciam garras.

– Deus lhe abençoe, minha filha.

Eu não respondia, fingia dormir, pois no meu casulo de adolescente feiosa não queria bênçãos nem trégua; queria ter raiva, ciúmes, todos os motivos do mundo para implicar com ela. Quando ela saía do quarto, abria a janela para espantar o cheiro de Cabochard e lavava o rosto para apagar a marca do beijo.

Aos dezoito, eu mal a via. Ela meio que inexistia, imersa em brumas. Eu, ávida e tonta de mundo, me perdia no lá fora da vida, na vertigem dos primeiros amores, na ousadia das rupturas, na descoberta de tudo que ela já sabia. Arrogante e bruta, dispensava colo, tradição e bênçãos.

Por detrás da porta trancada, abafada pela música nas alturas, ela dizia:

– Boa noite. Deus lhe abençoe, minha filha.

E por algum tempo, junto com o meu silêncio, pairava no corredor um sopro triste de *Vent Vert*.

Aos vinte e três, na minha última noite em casa, ela foi ao meu quarto. As palavras vinham e voltavam silenciosas. Lá estávamos nós, mãe e filha, encerrando ciclos, fechando cortinas, mudando o script, tudo em silêncio. Ela se deitou ao meu lado e ficamos abraçadas, por muito tempo. De dentro daquele abraço, pedi:

– Bença, mãe!

– Deus lhe abençoe, minha filha.

– Deus, não, mãe. Você. Me abençoa?

Meu pijama ficou impregnado de Calandre, e eu me investi de todas as bênçãos da minha mãe para poder ganhar o mundo.

Quando nasceu minha primeira filha, nasceu o hábito.

Ainda na sala de parto, com meu bebê sujo de entranha e futuro, retomando uma trilha imemorial, entoando uma ladainha poderosa, ungida e transformada pelo nome que passava a ter – Mãe –, conjurei:

– Deus lhe abençoe, minha filha!

Naquele instante eu e minha filha nos cheiramos, reconhecendo-nos. Encharcamos nossas almas com nossos cheiros.

Entendi que os perfumes se alternam ao longo dos anos, para enfeitar e demarcar as lembranças, mas que bênção tem cheiro de mãe.

o lugar de tudo

Para onde vão as coisas? Para onde vai o que se perde e o que esquecemos? As frases soltas que brotam no meio da insônia do trânsito do banho. As palavras que ficam revoando sem pouso e um dia triscam nossa cabeça como vaga-lumes ermos. O som das coisas. O som do vivido das vozes dos ventos da rotina das casas. Os sussurros os segredos as preces inaudíveis até por Deus. Detalhes no bordado, notas soltas, imagens fluidas. As impressões digitais da Vida.

Sim, a Memória é a pele da alma o fio condutor e a grande prestidigitadora. Feita de muitas marés, correntes e calmarias, Memória é oceano.

O longe não existe nem o passado nem a Morte. Existimos nós em nossas muitas versões e faces, correndo entre mundos, ilesos, perto dos nossos mortos para sempre vivos no aprisionamento da memória.

Lá estão todos e tudo, o para-sempre das coisas e das gentes, numa espécie de limbo, aguardando um resgate, um vislumbre, uma nesga de luz, imersos em brumas, em latente paciência, esperando voltar a ser. Memória é devir.

Memória é placenta sumo seiva invólucro. Lembrar é parir.

Memória é lugar vereda abismo remanso. É ainda quimera inventário invenção. Se é mentira, é também verdade e, na maior parte das vezes, falácia ou ficção. Viva, volátil e autoral, a Memória é minha, e eu mato quando quiser. Mas peço a Deus que me mantenha viva na minha própria Memória, que ela não me apague, nem fuja de mim, feitora caprichosa, volúvel, que descarta pessoas paisagens afetos. Que minha alma-memória não se afaste de mim enquanto vivermos. Nós duas, se não autoras do vivido, autora das nossas lembranças. Memória é oráculo.

As rosas de Santa Terezinha emergiram dessa névoa outro dia.

Santa Terezinha é a santa da família. Tudo resolvia, aquietava. A fé na santa das pequenas causas e alegrias era inabalável. Santa Terezinha intercedia por nós como se tivéssemos uma despachante no céu. E, antes de atender nossas preces e súplicas, ela nos mandava rosas em sinal de que a graça seria alcançada. Minha avó celebrava a chegada das flores com palminhas infantis e lágrimas de gratidão. É claro que toda a cidade sabia da devoção da minha avó e como lhe queriam muito bem, a chuva de rosas era constante e as graças pareciam ininterruptas. Mas isso não a impedia de entender os amigos como instrumentos da Graça.

Às vezes, quando não chegavam rosas, e havia um pedido pendente, minha avó falava: *Estou sentindo cheiro de rosas, vocês estão?* Eu sempre dizia que sim, só para agradá-la, mas morria de medo de sentir o perfume das flores excelsas. Certa vez, cheguei a desenhar rosas vermelhas e deixar sobre o seu travesseiro e para minha surpresa, meu desenho foi considerado um sinal. Achei que aquilo era arte da santa menina que devia gostar de uma travessura para driblar a quietude lá de cima.

Mas houve um dia misterioso. Minha avó esperava por uma graça, e o prazo já se extinguia. Estava angustiada com o silêncio celeste. Naquela noite deitou-se pesarosa. Eu e minhas primas ficamos brincando de esconde-esconde pela casa. Num dado momento, tivemos a impressão de que tinha outra menina brincando conosco. Pensamos ver um pequeno vulto correndo pelo corredor e entrando ligeira num dos quartos. Na algazarra da brincadeira, não tiramos a limpo. Depois, já deitadas, acreditamos ouvir passos lá fora. Dormimos agarradas e desconfiadas. *Será um ladrão? E se for assombração?* Vale dizer que a ideia de assombração na minha família era muito mais crível que a de um ladrão.

Acordamos e encontramos vovó exultante. Sobre a mesa de jantar um copo de água, com duas rosas ainda orvalhadas, descansava milagroso e singelo. Contamos à vovó da nossa noite assombrada por uma menina que brincava conosco. Ela riu e disse: *Era ela, minhas netas, ela sente falta de meninices!*

Naquele dia, houve muito júbilo por parte dos adultos e muita aflição entre as crianças. Brincar de esconde-esconde com santa era bem apavorante. Na cozinha, o copeiro Aloísio não teve coragem de desmanchar a aura de milagre, até porque as benditas rosas foram roubadas do jardim da vizinha. E ele só queria ver a patroa feliz.

Isso tudo porque recebi por WhatsApp um buquê de rosas com a mensagem: *De Santa Terezinha para você*, e uma alegria imemorial tomou conta de mim. Aquela alegria simples de interpretar acontecimentos comezinhos como mensagens dos céus. Senti saudades da Fé naquele Divino que se manifestava nas coisas, na casa e na vida da gente. Tudo sem pompa nem alarde. Pensei: *que graça me será concedida?*

E achei graça pois a Graça veio da Memória fresca e viva da devoção à Santa Terezinha, da lembrança da certeza de rezar e ser ouvida, da sensação limiar de conviver com o Sagrado de forma corriqueira e íntima.

Por coincidência, recebi no dia seguinte bons resultados de um exame que preocupava minha médica. À noite, comovida e grata, pensei na santinha laboriosa, intercedendo por mim, e senti um aconchego há muito esquecido. Tudo tão familiar e extraordinário como no sempre daqueles tempos.

Memória é Milagre.

berço

Era uma casa num canto de praia, num fim de avenida. Imensa para meu tamanho de menina A eternidade que lá vivi, dos meus dois aos oito anos, se desdobra até hoje. Eu tinha tudo. *Eu era alegre como um bicho.* Acordava pronta. Ávida. Dormia sorrindo. Plena. E eu nem sabia o que era avidez ou plenitude.

Eu não imaginava outros lugares. Eu não buscava outros cantos. Eu não sabia imaginar nem buscar. Não havia falta.

Ficar escondida em algum vão da casa era como me aninhar nas suas entranhas. Eram muitos os cantos onde eu me fazia caber a despeito do desconforto, da escuridão, do medo de ficar lá para sempre. Aqueles buracos, armários, espaços secretos eram meus lugares de solidão. Ali eu reinava, quieta, encolhida e atenta. Pulsava. Percebia a casa acontecendo lá fora e em mim.

O armário de roupa suja no banheiro principal era um desses lugares. Era um pequeno vão, todo azulejado por dentro e com portas treliçadas. Eu precisava entrar muito agachada e ficar deitada, de lado, com as pernas dobradas. Sempre havia uma toalha, uma camisa, um lençol que eu fazia de travesseiro. Indiferente ao sujo e enxovalhado das roupas, ficava ali, respirando pelas frestas da treliça, ouvindo correr a água dos banhos, abluções e descargas, sentindo os cheiros dos talcos, águas de colônia, espuma de barba e os não tão bons assim. Não via nada. O armário ficava numa espécie de vestíbulo do banheiro. Só via as pernas de quem entrava. A porta não podia ser totalmente fechada pois tinha algum mecanismo que travava com tal firmeza que, caso fechasse, eu não teria força nem ângulo para forçar a abertura com minhas pernas dobradas. Mas valia o risco. A ideia de ficar invisível naquele umbigo da casa me dava a sensação de onisciência e ousadia.

Uma vez peguei no sono lá dentro. Acordei com o falatório das pessoas procurando por mim. Fiquei alarmada entre avisar que estava tudo bem e preservar meu esconderijo. Saí dali como uma cobra que se desenrola e se derrama de um buraco para, só então do meio do hall dos quartos, gritar exultante: *Gente, eu tô aqui!* Diante do alívio, ninguém perguntou onde eu me enfiara. Missão cumprida, posição garantida.

Até hoje sinto aquele misto de cheiros de roupa úmida e banhos perfumados. Entranhas do cotidiano.

Mas era embaixo da mesa da sala de jantar que eu reinava escondida, inventando espaços, perdida em devaneios.

Quando não era hora de refeição, a mesa era uma casa para mim e minhas bonecas. Arrumava tudo com o mesmo capricho com que minha mãe arrumava a casa lá fora. As bonecas dormiam, comiam e brincavam de existir sob o teto da casa dentro da casa. Cada cadeira era um cômodo, e o vão central era nossa área comum e o meu quarto. As horas nem existiam.

E se estavam todos à volta da mesa, jantando e conversando, eu sempre dava um jeito de me esgueirar para ficar ali embaixo, entre pernas e sapatos ao som aconchegante das conversas familiares, ouvindo o zunzum indistinto das vozes que se alternavam, tentando decifrar narrativas, mas, acima de tudo, colecionando palavras. Nos tampos das mesas eu escrevia com lápis de cera ou giz as palavras desconhecidas, encantadas, que me aguçavam a curiosidade ou me impediam a compreensão. *Pederasta hipoteca adultério indolência devaneio relíquia.* Uma pequena constelação de rabiscos onde curiosidade e inocência traçavam um mapa em direção à luz e ao saber. Era a gênese da minha história com as palavras.

Antes de descobrir o dicionário, recorria à minha mãe. *Mãe o que é isso, o que é aquilo?* E ela sempre respondia de forma clara e direta e me dizia: *Você vai ser professora, advogada ou escritora, minha filha.* E eu, que naqueles tempos queria ser bailarina ou dona de armarinho, não achava a menor graça no vaticínio materno.

Penso naquele tampo de mesa como minha primeira noção de abóboda celestial. O sentido de proteção, o maravilhamento, a solidão de criatura diante do desconhecido. O universo dentro de uma casa. O começo das perguntas. O primeiro olhar de êxtase para o mistério.

São muitos os cantos de uma casa. Neles guardam-se segredos, réstias de luz, o perdido, o sempre. Neles ainda me escondo, protegida pelo que não se corrompe nem se perde de mim.

Caibo nos cantos todos, me reconhecendo ou reencontrando os caminhos. Não vivo no passado; vivo em dia, tecendo o futuro porque tenho passado. Era uma casa num canto de praia, num fim de avenida. Um canto no mundo. Ainda não tinha entrado num avião. Não sabia dos baobás, dos museus, de Guimarães Rosa, do deserto de Gobi, do fundo do mar, dos amigos, amores, filhas que teria e que existe no Universo berçários de estrelas e nebulosas fantasmas. Ainda não sabia que aquele mundo era só um canto. O maior canto do mundo. Um berçário de tudo que cresceria e faria sentido em mim. Meu museu de coisas intangíveis e não sumidouras. Hoje, se quero me esconder, me ausento ou me recolho. Procuro um livro, saio para andar, desligo o celular, sento quieta ouvindo música, tranco a porta do quarto. Não existem mais vãos, cortinas, armários que me comportem. Mas na vertigem da memória volto aos esconderijos da infância. Encolho e me faço caber para, depois de um tempo, sair expandida, com a alma enfunada de lembranças, perfumada de tudo.

Tudo é casa

lista de medos

O primeiro foi de nascer.
Depois veio o medo dos grandes escuros: o breu da mata e o mar sem lua. A noite em mim.
Aí, então, vieram os medos outros. Todos íntimos e personalíssimos, pois medo é feito sonho, matéria de espelhos e sombras só nossas.
Medo de lagartixa, de alma penada, da imagem do Senhor Morto ensanguentado com peruca de cabelo humano. Medo de carreira de doido, de coice de jegue, de peral. Medo de ter bigode, bócio, filho xifópago.
Medo de tarado, de cólica, de engravidar da tampa da privada. Medo de morrer virgem, morrer de amor, de tristeza, de desgosto.
Medo de ter morte pública. "Morrer na contramão atrapalhando o trânsito", aparecer no Jornal Nacional, cair no poço do elevador do prédio, aparecer afogada na praia com os olhos

comidos por siris, ser filmada por um cinegrafista amador na hora exata em que a enxurrada me levar.

Medo de morrer sozinha caída no banheiro numa sexta-feira, véspera de feriado.

Medo de esquecer quem eu sou e dos nomes de quem eu amo. Medo de não sentir saudade de nada. Medo de que minha alma se vá antes de mim.

E dos vermes que me comerão e da promiscuidade das minhas cinzas misturadas a de estranhos? Medo nenhum, só uma lucidez orgânica, entre o vegetal e o mineral.

Medo é para os vivos.

aurora

Entrou no quarto e encontrou a amiga dormindo. Não se viam fazia vinte anos. O quarto tinha o cheiro da solidão dos moribundos. A amiga nem percebeu sua presença, estava ocupada morrendo. E agora?

Teve vontade de ir embora. Não queria olhar a amiga nos olhos. De repente sentiu-se constrangida pela roupa colorida que usava, pelo batom, pelo brinco de citrino, tão solar. Sentiu desconforto porque aquela visita era um dos compromissos agendados, antes do dentista depois do pilates. Um item da agenda que ela agora ticava.

Intrusa. Leviana. Era assim que se sentia. Não achava certo ficar ali olhando a amiga ressonar entre a vida e a morte. Podia ver o peito magro subir e descer. A respiração curta dos afogados. Sondas e tubos invadiam o corpo miúdo enquanto sacos com soro, medicação e alimentação parenteral pendiam tristes do suporte metálico. Sua amiga parecia uma marionete pálida, esquecida, presa a cordas inertes, frouxas. Olhou a sua volta: nem enfermeira, nem titereiro, nem Deus. Só a morte, entediada, esperava no saguão de entrada.

Foram muito próximas por um período curto. Viveram anos incríveis juntas. Tempos inaugurais. Adolescência, vestibular, drogas, sexo e rock'n'roll. Perderam a virgindade no mesmo fim de semana. E que fim de semana! Campeonato de surf em Saquarema.

Lembrou das duas caminhando na praia no dia seguinte.
– Doeu?
– Muito. E pra você?
– Foi mais estranho do que dolorido.
Entraram no mar. Ela gritou:
– Ai!!! Tô toda ardida!

E as duas riram muito. Não eram mais as mesmas, mas ainda eram tão meninas. Um dia para se lembrar. Tinha tudo a ver caminhar na praia deserta ao amanhecer. Alvorecia. Tudo era forte, novo. Tudo estava no lugar certo. Vento, céu, mar. Elas.

A aurora raiava em seus corpos também.

Tinham então dezessete e dezoito anos. A vida começava a mostrar a cara. Antes das garras. E elas davam a cara para a vida. Para os beijos. Antes dos tapas. Confiantes, inocentes. Encarregadas de viver.

Naquele dia jamais poderia supor a cena de agora. Elas assim. Ali.

Suspirou fundo. O ar também lhe faltava, passava escasso pelo nó da garganta. Já não queria sair correndo. Estava pronta para os olhos da amiga. Debruçou-se sobre ela. Pôs a mão sobre sua testa. Carinho. Bênção. Ajeitou-lhe os cabelos. Teve vontade de conversar, saber tudo sobre ela, falar de si. Amores, filhos, carreiras. As batalhas, as porradas, as alegrias.

Num impulso tirou o iPod da bolsa, com cuidado ajustou os fones nos ouvidos da amiga e mandou ver Pink Floyd – The Dark Side of the Moon, a música que era a cara da aurora das suas vidas.

A amiga abriu os olhos surpresa, entorpecida. Precisou de alguns instantes para reconhecê-la.

– É você, minha querida? – perguntou num fio de voz.

Ela apenas assentiu.

– Maravilhoso! – falou referindo-se a nada e a tudo.

Fechou os olhos novamente. Sua expressão era solene e serena. Havia música dentro dela. Ouvia atenta, entregue. Algumas lágrimas escaparam. Não muitas. Transbordamento. Um sorriso também brotou como água que mina, sem explicação, da pedra árida. Lembranças. Seus olhos dançavam atrás das pálpebras cerradas. Balbuciou quase dormindo, entre o sono e o sonho:

– Saquarema...

entre pautas e pastas

– Você não pode continuar escrevendo em cadernos – o editor me falou com cara desanimada. – É inviável ler seus textos, comentá-los e corrigi-los.
Parou, respirou e desfechou o golpe baixo:
– Além do mais, sua letra me deixa tonto.
– Eu não posso continuar escrevendo em cadernos – repeti a frase para toda a família na hora do jantar. – Olharam-me com cara de: óbvio, né, mãe!
Meus cadernos eram famosos. Espalhavam-se por toda a casa. Habitavam estantes, armários, invadiam as gavetas, jaziam esquecidos em caixas de papelão, maleiros e sótãos. Diários cadernos de poesia redações escolares projetos de livros rascunhos de cartas. Dentro deles, minha vida. As coisas que eu vi, as pessoas que me viram, o vivido, o imaginado, o silenciado. As palavras todas – novas velhas gastas indomadas sagradas. As palavras que eu acolhi, que me encontraram, que nomearam

meus espantos e graças. As palavras que grudaram em mim e me traduzem.

Tinha de admitir que estava ficando impossível não só encontrar os cadernos, como encontrar o que eu queria dentro deles. Às vezes ia à procura de um determinado poema, voltava com textos de viagem ou cartas de despedida. Comecei a aceitar que nunca recuperaria o que escrevi. Meus cadernos eram minha versão doméstica de labirinto.

Precisavam ter capa dura, ser espirais e pautados. Quando completos ficavam ondulados, marcados pelo relevo da minha letra que pisava as páginas com força e fome, imprimindo passos de tinta ou grafite, calcando o mapa dos pensamentos.

Lá estava o caminho da minha escrita. *Mamãe é bonita. Escola Rui Barbosa, 4 de abril de 1959. Minhas férias na fazenda. Eu tenho uma amiga chamada Lili,/ que pula que brinca, como eu nunca vi,/ se eu parto ela chora,/ se eu fico, ela ri/ assim é minha amiga, chamada Lili.* Primeiro verso aos nove anos. *Plic, ploc, plic, ploc, bate a chuva na janela me chamando para ver a rua molhada e imaginar a lua.* A redação que o poeta leu e me chamou de poeta. *Querido diário, fiquei menstruada.* Listas de lugares para conhecer, listas de garotos que eu queria beijar, listas de palavras que não conhecia. *Mãe, o que é priapismo?* Cadernos de sonhos, de orações, de receitas, dos nomes que daria aos meus filhos.

Meus cadernos viraram cadernetas, folhas soltas esquecidas dentro de livros, em meio a documentos, nos álbuns de fotografia. Viraram bilhetes, cartas, milhares de cartas. Amores em carta. Por morar sempre longe e viver de mudança escrevi muitas cartas. Escrevi eu te amo, centenas de vezes, em papéis perfumados, folhas de almaço, guardanapos, maços de cigarro, ingressos de teatro. Eu te amo, amo você, eu te amo demais, eu te amo para sempre. Está tudo registrado. Meus cadernos são atas.

Quando as sombras vieram, e a loucura e a morte brincavam na sala da minha casa, meus cadernos me escondiam, escudos poderosos, abrigos mágicos, recolhiam as palavras impronunciáveis, resguardavam nos seus vãos os restos da minha inocência, ecoavam sanidade me lembrando acalantos. Quando os dias eram de chumbo, meus cadernos eram boias de salvação. Quando eram dias de saudade, meus cadernos eram mapas que apontavam os lugares intocados onde minha alma se abrigava e reconhecia. Quando dias de afastamentos e distâncias geográficas, meus cadernos asseguravam que minha terra, minha pátria e a casa dos meus avós iam comigo aonde quer que eu fosse, e me faziam lembrar a dança dos coqueiros, mesmo que nevasse lá fora.

Tentei juntá-los. Impossível. Eles não eram catalogáveis, mesmo sendo acervo. Não eram tijolos, mesmo sendo alicerce. Eram coisa solta, palavras ao vento, pegadas na areia. Eu os teria enquanto tivesse memória. Sim, naquele instante compreendi: eram inacessíveis, cifrados, precisavam das minhas senhas para adentrá-los.

– Você não pode mais escrever em cadernos – ele disse e me deu de presente meu primeiro computador com um lindo cartão, que foi parar em algum caderno: "Navegar é preciso".

Odiei o tal computador, odiei o presente. Por muito tempo nos medimos, nos estranhamos, nos rejeitamos. Ele era um monstrengo imenso sobre minha escrivaninha. Parecia o Darth Vader a me dizer: *Que a Força esteja com você!* O tal do PC me olhava esfíngico: você não vai me decifrar e eu te devorarei, fácil, fácil. Novo documento de Word. E o cheiro de caderno novo? E a maciez da página virgem, a escolha da caneta, do lugar onde escrever? Aprender a salvar, a colar, a copiar, a recortar, a enviar, a deletar. Escolher fonte, determinar espaçamentos, margens, fazer layouts. Tudo novo, novo vocabulário, nova escritura. Que preguiça para o novo. Um dia arrisquei um texto sobre a Saudade do Futuro. A máquina do demo deu sumiço no meu texto. Chorei de raiva. Meus cadernos nunca me fizeram tamanho desaforo.

Aos poucos fui me conformando, aceitando a cangalha.

Não sei precisar que hora aconteceu. Uma espécie de tragédia: não sei mais escrever em cadernos. Preciso de uma tela, um teclado, uma pasta onde salvar meus escritos. Minha letra está ficando feia. Gasto minha letra assinando cheques, fazendo listas de compras, deixando bilhetes em post-its. Minha memória está organizada *extra corporis*, sujeita a vírus e hackers. De uma forma assustadora: o passado acabou. Está todo lá, ao meu alcance, na rede.

Há quase trinta anos não escrevo à mão.

Meu primeiro livro, todo escrito em cadernos, foi transferido para o computador numa transfusão melancólica, inexorável. Cuidei pessoalmente desse trâmite trânsito transpor de eras. Vi minha letra virar fonte Times New Roman 14.

Hoje, salvo tudo que escrevo. A salvo estão as palavras as crônicas os personagens os silêncios. São arquivos técnicos.

Nem mortos, nem vivos. Nos meus cadernos, ao contrário, está tudo à mercê das traças, do fogo, do acaso, mas tudo salvaguardado, num limbo placentário, primordial. Tudo acontecendo na memória, na imobilidade da infância, nas certezas da juventude, na aventura espantosa de tantos primeiros, das experiências inaugurais.

Não imagino minhas filhas abrindo minhas pastas e arquivos no computador, depois que eu morrer, mas posso vê-las folheando meus cadernos, tocando o relevo da minha escrita, a impressão das minhas palavras, a ondulação do meu pensamento premido nas páginas que guardarão meu cheiro, manchas de lágrimas, vinho e alimentos, rasuras de arrependimentos e as milhares de reticências que anunciavam palavras por vir.

Nos meus cadernos, a vida é obra inacabada.

sobre as ondas

– Eu vou pelas brancas!

Fazia parte do nosso ritual. As brancas eram minhas, as pretas dele.

E assim seguíamos, navegando as ondas de pedras portuguesas das calçadas de Copacabana.

Eu e meu pai.

Vagando no azul das manhãs cariocas, ondulando no entardecer, separados pelas linhas sinuosas de caminhos e águas inseparáveis. Eu pensava em bonecas, na cachorra Lassie, na lição de matemática e em como meu pai era muito mais bonito que Elvis. Meu pai fumava e soltava rodas perfeitas de fumaça no ar.

O tempo ainda não existia, e o mundo era só aquela praia.

Íamos entregues ao vaivém das horas, das ondas, dos nossos pensamentos. No zigue-zague das palavras e silêncios, caminhávamos sobre as águas deixando pegadas luzidias no quebra-mar do tempo suspenso.

Meu pai e eu. Mar adentro.

E aquela brisa sempre lá, soprando sobre nossos passeios, sussurrando maresia, gaivotas, segredos, certezas.

E assim seguiram os anos. Caminhei sobre as ondas calçando sapato-boneca de verniz com laço de gorgorão, vulcabrás preto, sandália com sola de pneu, rasteirinha do Mercado Modelo, all star vermelho, sandália de plataforma e havaianas. Calçados e calçadas num afinado *pas de deux*.

Tudo memória. Reflexos no fundo do oceano do meu coração.

Meu pai sempre me desafiava a ir do Posto 6 ao Posto 4 sem pisar na linha do Encontro das Águas. Ele me explicou que o desenho das calçadas cariocas foi inspirado no fenômeno amazônico. E eu ia alegre como um boto ao lado da única pessoa que me amou incondicionalmente. Andar ao seu lado era navegar rios e certezas. Meu pai era certo e eterno como o azul do mar de Copacabana e meu coração pororocava sorrisos e adiamentos de separação.

Quando meu pai morreu, a saudade era tamanha que o vazio nas pedras pretas ficou insuportável. Atravessei a margem, mudei de rumo e experimentei o conforto quieto mineral de pisar as pedras que meu pai pisaria. Troquei de lado, de cor, pulei ondas – e senti meu pai se mudar para dentro de mim.

Hoje caminho sozinha em Copacabana, costurando mundos, alinhavando a saudade dele. Vou me equilibrando emocionada sobre as negras, buscando réstias luminosas, o acalanto das palavras sãs, o marulho da bênção paterna, até poder apaziguada, voltar para casa.

para ouvir cantar, uma sabiá...

Era um casarão antigo, daqueles machadianos, de Botafogo. A primeira impressão foi: onde estão as árvores e as flores da varanda? Onde estão as sabiás e as maritacas que habitariam as mangueiras e os flamboyants inexistentes?

Era um casarão triste, daqueles sobreviventes, da cidade grande.

Eu tinha dezessete anos, e o casarão uns cem. Estranhos, nos olhamos, mundos apartados. Com meu jeans rasgado, minha bolsa peruana, minha camiseta de Woodstock e meus pensamentos confusos, inacabados, de impossível tessitura entrei no casarão sombrio.

Uma escada de ferro rendado dava acesso à varanda de azulejos portugueses. Um azul azulejo azulava timidamente meus passos. Azul de névoa, de esquecimento. Ali, onde mulheres bordaram cambraias, tricotaram conversas e tomaram chás em chávenas de casca de ovo, havia apenas uma placa: Recepção.

A luz da tarde entrava pelas bandeiras das janelas e escorria pelas gretas das venezianas. Partículas de pó dançavam. O resto era imobilidade e sombra.

    Perguntei pela paciente Andrelina Maria. Andrelina Maria era o nome esquisito, sempre rejeitado – e só utilizado em situações oficiais ou burocráticas –, da minha mãe. Andrelina Maria não era a minha mãe, era uma outra que nem minha mãe, Dadi Lucas, reconhecia. Andrelina Maria agora ocupava o quarto 205 da clínica, mas era minha mãe quem estava lá dentro.

    Passei por salas quase vazias onde móveis de curvim se misturavam a bancos coloniais e consoles de bronze e mármore. No ar, um cheiro de ausência, de despojos, de esbulho.

    Era um casarão abandonado pelos herdeiros, daqueles tombados, cujo passado é expulso pelo poder público. Um lugar desapossado de vida, habitado por gente inapetente para o viver, despido de tudo que um dia se chamou "lar". Virou clínica psiquiátrica. Ali dentro, não se ouvia risos de criança, gozo de casais, cochichos de amigas, nem o alegre tilintar de panelas e talheres. Os pacientes estavam imersos em sonos artificiais, daqueles sem sonhos, onde não há distinção entre dia e noite, o acordar e o dormir. Um tempo pastoso tudo tragava. Lodaçal. Pensei na vertigem libertadora do abismo em direção à morte. Senti pena do fracasso dos suicidas.

    Encontrei minha mãe num sono de pântano e para abraçá-la precisei me deixar afundar, sentir raízes podres agarrarem meus pés, engasgar-me com detritos, imergir em águas turvas, malcheirosas. A morte lhe fora roubada, mas a vida não lhe foi devolvida.

Minha mãe, Dadi, não estava lá. Era outra. Também não era Andrelina Maria. Eu tinha dezessete anos, e minha mãe parecia ter a idade do mundo.

Ela abriu os olhos, mas não me olhou. Manteve-os baixos, enquanto as mãos, sempre macias e manicuradas, alisavam os lençóis.

– Mãe, sou eu, Dinha.

Ela não respondeu. Virou para o lado da janela. Rembrandt, pensei. Luz e sombra. Bergman, lembrei. Gritos, sussurros e lobos.

Fiquei ali, me debatendo dentro das minhas roupas coloridas e dos meus hormônios, buscando ar, impotente para resgatar minha mãe daquele fundo de mar, louca para sair correndo e me certificar de que a vida continuava acontecendo lá fora.

Da porta, uma mulher me observava. Outra paciente.

– Eu sei quem ela é. É Dadi Lucas, de Ilhéus. A mulher mais elegante da cidade.

Me lembrei da mulher. Ueidi era seu nome. Senti raiva de Ueidi estar ali, testemunhando a dor da minha mãe. Ueidi sempre foi uma espécie de espectro.

– Ueidi é doida – nós crianças falávamos.

Senti raiva de Ueidi e minha mãe estarem naquele lugar, presas no mesmo sono, impregnadas do mesmo cheiro. Grosseira, fechei a porta.

– Mãe, fala comigo.

Vi lágrimas represadas nos olhos imensos da minha mãe. Lágrimas que aguardavam vir a ser, como a vida lá fora. Quis que minha mãe começasse a chorar um choro sem fim, sem começo, sem medo. Que ela esvaziasse de tanto chorar, que seu choro inundasse aquele quarto, lavasse o cheiro de solidão, exaurisse a tristeza. Tive certeza de que se ela começasse a chorar, ela quebraria as barras da depressão.

– Chora, mãe.

Ela me ouviu. Não reagiu, mas me ouviu. Eu sei.

Demoraria algum tempo ainda. Mas começou com um choro quieto, que correu silencioso por muitos dias até desaguar num lugar arejado, onde o vento soprava e a luz não entrava clandestina, mas redentora.

Quando saímos do casarão, minha mãe, Dadi, falou:

– Muitas vezes imaginei que sabiás cantavam no jardim desta casa.

Minha mãe voltou para nossa casa num dia de primavera. A primavera em Copacabana é azul e tem cheiro de mar e, a despeito do barulho da cidade, ainda se pode ouvir comoventes sabiás.

P.E.O.

Por telegrama, minha avó avisou que teria um portador para Nova York e me mandaria umas coisinhas.

O telegrama tão anacrônico, cheio de pts., abreviações, //, sem acentuação e sem distinção de maiúsculas ou minúsculas me parecia a Pedra de Roseta em forma de bilhete, também cifrado, mas muito mais afável.

Cada palavra, cada expressão vinha trazendo o imemorial, a imobilidade das casas da infância. Um mundo ensolarado que num voo rasante atravessou praias de areias brancas, roças de cacau, sertões, o Pico da Neblina, o canal do Panamá, o Triângulo das Bermudas e agora chegava numa esquina gelada do Central Park.

Não era apenas um telegrama, era uma dobradura mágica que ao ser aberta liberou miasmas, imagens e vozes.

A figura do portador é típica na minha família. Estavam sempre à procura de um portador para o Rio, para Salvador, para

São Paulo, para poder enviar coisinhas sem a menor cerimônia em pacotes muito bem-feitos, bem amarrados com barbantes fortes, fita gomada envernizada e onde se escrevia: Para Fulano de Tal, P.E.O. de Sicrano de Tal, em letras caprichadas. Depois de anos descobri que "P.E.O. de" queria dizer: Por Especial Obséquio de alguém. No pacote, invariavelmente tinha uma alça para facilitar o transporte, e dentro, havia sempre uma infinidade de latas, caixinhas, embrulhos de presente, cartas, santinhos, livros.

O portador era o que se podia chamar de pessoa de boa vontade e de inteira confiança. Naqueles tempos, sem correios eficientes nem viagens assíduas, acho que havia mais naturalidade para pedir e fazer favores. Tempos em que as distâncias eram maiores, e o tal portador se apresentava como alguém capaz de encurtar lonjuras e saudades.

O telegrama foi afixado num grande quadro de lembretes e notas na cozinha. E enquanto ele observava minha rotina, eu aguardava o contato da criatura.

– Alô! É Hildinha de Nova York?

– Quem é? – respondi atônita, porque Hildinha de Nova York não deveria ser a minha pessoa.

– Sou o portador de sua avó.

– Ah! Como vai?

– Amanhã vou passar aí para deixar a encomenda.

– Que bom, a que horas?

– Umas cinco da manhã.

– Como?

– Minha filha, vou passar num carro de praça e deixo na

portaria, não precisa se incomodar comigo. Deus lhe abençoe. O sotaque, a conversa inusitada e a satisfação de entregar o pacote falavam de um portador perfeito.

No dia seguinte, não às cinco, mas às sete horas de um dia escuro de inverno, desci para resgatar o pacote. Lá estava ele. Uma caixa de papelão pardo que um dia foi quadrada e agora trazia os cantos arredondados de tanto viajar.

Ao ler de quem era o P.E.O. soltei uma boa risada. Era do bispo! De novo, a cara das coisas da minha família. Se o bispo vivia tomando café com bolo, almoçando e pedindo dinheiro para suas obras de caridade, nada mais natural que fazer o especial obséquio de levar uma encomenda para os Estados Unidos.

Fui desembrulhando com solenidade e zelo. Nevava lá fora, e da caixa inexplicavelmente saía o calor e a luminosidade da minha terra. Dentro, acondicionados entre páginas amassadas do Diário da Tarde, duas latas de leite Ninho, uma caixa de sabonetes Kanitz, um embrulho florido e um jogo de bule e xícaras para bonecas feitos de barro num saquinho de filó.

Foi como presentificar todo um universo, que se libertava das embalagens, com a alegria e a curiosidade dos recém--chegados. Ninguém se intimidava com a neve, nem com os cheiros estrangeiros da minha casa. Eram visitas que chegavam carregadas de mimos e familiaridade.

Numa das latas, pé de moleque caseiro, na outra, pasteizinhos de nata recheados com goiabada. Do pequeno embrulho, uma camisola de cambraia bordada para minha filha, com a inicial P cercada de flores e arabescos. Tudo singelo, tudo abraço, tudo berço. Os mundos se tocando, e eu arrebatada pela força de tanta delicadeza. Minha avó amada estava ali comigo.

Destampar cada lata era esfregar a lâmpada e esperar o gênio sair. O gênio da saudade alegre por entender que somos caramujos, carregamos nossas casas conosco, sejam elas imaginárias, reais, perdidas. Na verdade, estava tudo meio esfarelado, partido, farofento, pois pés de moleque, pastéis de nata e peças de barro não foram feitos para sobreviver a voos internacionais e solavancos de aeroportos. Mas não importava.

Bendita encomenda, portador ilustre, e o afeto voando de lá pra cá, dentro de caixas, latas, indiferente à geografia e às temperaturas glaciais.

Pus os sabonetes nas pias e nos chuveiros da casa, brinquei de chá com as bonecas em xícaras desbeiçadas e sem alças e à noite vesti a camisola na minha filha, como quem veste uma bênção.

Provei uma metade de pastel. Já estava com aquele gosto de coisa velha trancada em lata. Mas não era isso que movia meus sentidos, estreitava mundos e extinguia o tempo. Não era o gosto, era o cheiro. O cheiro do imutável em mim, do imperecível, do sagrado. E de lá brotaram incontinentes uma infinidade de outros cheiros. A maresia, a nuvem de talco de alfazema, a terra quente molhada pela chuvarada, o cacau torrado, as velas dos santos, as frutas maduras tão improváveis naquelas latitudes, o incenso das procissões, a mistura de estrume, leite e urina dos currais, bálsamo bengué, bolo de puba, o Fleurs de Rocaille da minha mãe, o gumex do meu pai, minha lancheira inundada de nescau. Tudo vertendo da caixa de papelão, da memória, por baixo da pele, por trás das pálpebras, pelos cânions dos ouvidos, debaixo da língua, na ponta dos dedos. E ao mesmo tempo, o cheiro da calefação, da roupa na máquina de secar, das fraldas da minha filha, do meu perfume gucci, das roupas do meu marido.

Tudo junto, tudo sendo, tudo dentro de um laço: o existente e o intangível, numa dança volátil e sensorial. Tudo afeto, tudo intacto na redoma da memória onde nos movemos fluidos ao ritmo de uma música só nossa.

acrônicos

Hoje quando acordei tinha envelhecido. Sorri. Você não envelheceu. Só eu. Na foto, abraçada a você, olho o mundo com coragem e orgulho. De repente sou muito mais velha que você. Mas isso não importa. Acho que sempre teremos a mesma idade. A idade que tem um pai e uma filha, que não se mede nem conta. Seguimos incólumes por aí. Suspensos capturados eternos no para-sempre das fotografias sonhos memória. Nós dois. Solenemente investidos de filiação e paternidade, com uma incrível vocação para a alegria. Tudo que hoje me faz falta, pai, já foi transbordamento. O amor incondicional, a proteção. A saudade é o firmamento coalhado com o brilho de estrelas mortas. Tudo lume. Tudo luzimento. E um manto luminoso me envolve feito abraço. E lá estamos nós, inseparáveis. Construindo castelos na areia, caminhando sob os cacaueiros carregados, dançando Rock Around the Clock, andando sobre as ondas de pedra portuguesa das calçadas de Copacabana, nas saídas das festinhas de adolescente, nas noites insones, no altar, na janela da maternidade, no leito do hospital. Tudo piscando derramando presença, caindo feito sereno. Serenando. Sigo alumbrada pelo seu amor. E embora toda noite ainda peça a sua bênção, agora sou eu quem lhe põe para dormir, pequeno, dentro de mim.

reparação

Tantas vezes senti o coração fora do lugar, batendo sem jeito, perdido, acabrunhado. Meu coração se estranha, me estranha e me abandona nessas horas. Esse sempre foi o meu alerta. O sono impossível, o desconforto de não caber dentro do corpo, esse terreno baldio onde não me reconheço, quando o coração, quieto e pesado, se exila e se esconde em um canto. Bola de ferro dentro do peito.

Sou assombrada por muitos acontecimentos de excesso, ira, leviandade e medo. Lembro-me de muitos e, com certeza, esqueci outros tantos.

A palavra dura, dita com raiva, desdém ou frieza. A palavra, a palavra. Ela que tanto me salva também fere quem eu amo.

Tínhamos voltado da Missa de Sétimo Dia do meu pai. O mundo parecia absurdamente o mesmo, mas nada era igual. Os sons da rua, a luz varando a persiana da sala, o cafezinho na xícara de Limoges. Tudo igual, mas ele não estava mais em parte alguma. Na minha fantasia infantil, meu pai sempre existiu e sempre existiria, e eu com ele. Galho da imensa árvore chamada Pai.

Eu me equilibrava sobre o abismo da sua ausência e a falta molecular do seu amor incondicional.

Numa conversa absurda com minha mãe, falei que nada lhe faltaria, mas que ela não pensasse que poderia morar comigo. Que eu não teria condições.

Lembro dela, sentada ereta, na cama do casal, no seu quarto, como quem escuta uma sentença. Ela balançava a cabeça e me olhava com olhos enormes, tristes e vazios pois nem o marido, nem a filha estavam lá.

Minha mãe nunca me pediu isso. Talvez tenha insinuado, talvez o desejasse. Mas nunca explicitou. Mas eu, no meu pânico e no meu luto, fui logo me adiantando para fechar aquela porta.

Naquela época, eu a via como uma espécie de bomba-relógio, de cataclismo caseiro, praga bíblica contida numa lata de biscoitos. Ela tinha o dom de me desestabilizar, e eu me sentia impotente e fragilizada para enfrentar toda aquela artilharia caótica, aquele poço sem fundo de carência.

Logo que pronunciei a sentença, senti um arrependimento avassalador. Fui tomada por uma ternura de filha. Enxerguei a mãe-viúva do seu companheiro de quarenta e seis anos de casamento. Pude tocar na solidão que se instalava naquele apartamento, vi a pátina que a longa doença do meu pai deixara sobre os objetos e as paredes. Senti minha mãe velhinha, abatida, acossada. Tive uma vontade louca de dizer: "Mãe, eu adoro você, sou sua filha, estamos juntas, e se for preciso, você vai morar conosco".

Mas eu não disse.

O medo de ela aceitar foi maior que minha compaixão ou meu amor.

Não disse porque, racionalmente, seria um caos. Não disse porque eu não sustentei a virtude. Não disse por covardia. E se ela concordasse? Me convenci de estar protegendo minha família e a mim mesma. E estava. Mas fui contra o que o meu coração me contava que era o certo.

O certo não era o melhor para mim, e talvez nunca tivesse passado pela cabeça dela.

Mas eu não fui capaz de dar a ela o benefício da escolha, o conforto de se sentir amparada.

Tenho vergonha daquela conversa. Até hoje penso na perplexidade do seu olhar. Acho incrível que, numa hora de dor e luto, eu tenha tido a coragem de levantar as minhas defesas e imposto um limite tão duro.

Puro medo.

A Coragem é a maior das virtudes. Sem ela não somos justos, generosos, verdadeiros, felizes, até mesmos heroicos. Às vezes, ela vem às avessas.

A vida não tem ensaio, nem um roteirista a nos dar falas e gestos admiráveis. Somos a síntese desses erros e acertos. Na nossa alma, luz e sombra alternam-se e complementam-se num *pas de deux* vertiginoso.

Minha mãe morreu vinte e dois anos depois daquele dia. Muitas vezes pensei em pedir perdão.

Não pedi. Me senti envergonhada até o fim.

Tentei compensar com muito afeto, atenção e alegria. Mas

não fui capaz de pronunciar as palavras que cozinhavam no meu coração. *Mãe, me perdoe.*

Fiquei sem ela, sem o seu perdão. Me pego triste querendo voltar no tempo. Me pego tentando reparar o dano em mim. Me pego cuidando do meu coração, falando para ele palavras de Mãe. *Não fique assim, minha filha. Eu compreendi tudo. Já nem lembrava mais. Fique com minha bênção, e eu fico com o seu amor.*

cama de mãe

Resolveram dormir juntas, as três na cama imensa.
O resultado do exame foi aprisionado no envelope. Silenciado.
O aperto no peito parecia saudade antecipada. Surpresa e impotência caminham juntas nessas horas. Sem combinar foram se chegando, vestindo pijamas e perplexidade. Mãe e filhas, entranhas.
No escuro começaram a conversar coisas banais porque nada é mais reconfortante que a retomada do ritmo familiar. Os assuntos surgiam sem pompa nem cerimônia. Lembranças, casos, frivolidades, reflexões. Às vezes, davam-se as mãos ou brincavam com o cabelo umas das outras.
Comentários politicamente incorretos, vida alheia, fofocas. Perguntas que estavam havia muito guardadas foram feitas sem meias palavras. Histórias de quando eram pequenas foram lembradas. Episódios inéditos foram revelados em meio a espantos e risos. Um carinho pelo já vivido foi tomando conta das três.

Tinham tanta vida para trás que a ideia de interrupção ou ameaça era descabida. Muitas vezes tiveram vontade de chorar baixinho. Nessas horas abraçavam-se com braços e pernas como se fossem todas crianças. Revezaram-se nas histórias. Cada hora uma falava. Às vezes cochilavam, mas logo voltavam. Queriam estar juntas, alertas. Bobagens, palhaçadas, piadas. Gargalhar no escuro é maravilhoso. De repente alguém gritava: Para de empurrar! Seu pé tá gelado! Não vale peidar!!!... Rir no escuro é um estardalhaço apaziguador. É experimentar soltura, coragem diante do abismo. Quando rimos no escuro, cantamos para a vida. E foi assim que elas pegaram no sono, sorrindo. Acordaram serenadas. Eram fortes porque sabiam fortalecer-se.

Não foi a primeira vez nem seria a última que dormiriam juntas na cama imensa. Dormiram juntas, emboladas, amparadas uma na outra toda vez que a vida bateu forte, que a dor foi indizível, sempre que os silêncios e as palavras só podiam ser pronunciados entre elas, quando as certezas abaladas só seriam restauradas por elas, toda vez que as lembranças sagradas só poderiam ser compartilhadas entre elas.

Muitas vezes dormiram chorando, encolhidas, feridas. Nessas noites não falavam nada, apenas certificavam-se de que não estavam sós. Outras vezes dormiram juntas porque estavam felizes demais e precisavam comungar. Era um ritual. Era mais que velar febres ou mal-estares. Era cuidar da alma, dos laços invisíveis, da história familiar. Era zelar pela união, pela sanidade, pela inequívoca cumplicidade do sangue, pela eloquência das entranhas, pela integridade da memória, pelo sonho de continuidade.

As mulheres conseguem inventar espaços mágicos, círculos poderosos com fogueiras ancestrais, tendas vermelhas, varandas coloniais, salas de jantar, cadeiras de balanço. As mulheres buscam na troca, na proximidade e no amparo mútuo as saídas, a cura. É um movimento evolucionário de proteção e resguardo.

Nesses lugares são trocados segredos senhas mantras orações receitas simpatias vivências. Nessas horas elas são uma só. Coração útero alma. Buscam o feminino primordial, mítico. Buscando-se, encontram as mães, as avós, as filhas, as amigas, as deusas, a lua, a terra, a água. Amparando-se mantêm de pé toda uma linhagem e projetam-se no futuro para novas gerações.

A cama da mãe é um desses lugares. Tão simples, tão prosaico, tão próximo. As conversas ou os silêncios no escuro são celebrações generosas e redentoras. As gargalhadas, as tagarelices, os soluços, as angústias divididas vão tecendo uma colcha fabulosa que envolve protege acalma. Acolher é um verbo da mulher; coisa de mãe, de filha, de amiga. Coisa de quem se desnuda, de quem gera, de quem sangra.

Coisa de quem tem corpo feito para receber fluidos, sementes, vida. Coisa de quem incha gesta pare amamenta. Coisa de quem ouve silêncios, lê olhares, sonha sinais, intui, pressente. Coisa de quem crê em romances, amolece de desejo, palpita de alegria. Coisa de quem acredita em juras, em sacramentos, em lealdades. Coisa de quem trabalha, cria, agrega, protege.

O aconchego e a cumplicidade, a compaixão e a ternura transformam qualquer espaço em templo seja ele caverna, manjedoura, cozinha, quarto de amiga, pátio de recreio, mesa de restaurante, banco de praça, casa de avó ou cama de mãe.

conversa no escuro

– Mãe, posso dormir com você?
– Claro, meu amor! – E assim deitamos as duas na imensa cama e, enquanto sentíamos o aconchego dos lençóis e do escuro do quarto, começamos a conversar, a pensar alto, a perguntar simplicidades. Ficamos ali, conversando na escuridão sobre lembranças luminosas e lançando luz sobre as não lembranças, as lacunas, as imagens silenciadas.

Falamos de amor. Das aflições, das delícias. Ela me diz que traz o coração aos pulos e a cabeça cheia de incertezas febris e vontades de condor. Entre a vertigem do voo e a segurança do ninho, minha filha exercita asas e lucidez. Falou dos efeitos físicos da paixão: insônia, inapetência, dor de estômago, palpitação enquanto eu lia nela os efeitos do amor: olhos brilhantes, corpo elástico de jovem leoa, cabelos desalinhados cheios de ideias e liberdade, fala de mulher, repleta de intuições, suspiros e apreensões.

Minha filha quis saber dos cheiros que eu guardava na memória. Eu lhe falei do cheiro da chuva encharcando a terra quente, do bagaço da cana, do cacau torrado, do fogão a lenha. O cheiro do Rio de Janeiro nos anos 60, um cheiro azul. A rouparia da minha avó enfeitada com pequenos feixes de raiz de sândalo que cheirava a aconchego. Eu lhe contei que dava nome às curvas do caminho para a fazenda e que lembro até hoje das pedras do rio cobertas de limo, familiares e solenes. (Até hoje fecho os olhos e com pés de ar contorno aquelas pedras para depois lançar-me nas águas do rio que corre dentro de mim.) Dou à minha filha minhas lembranças mais felizes, e ela as recolhe como quem encontra estrelas no chão.

Ela lembrou da primeira camisola que ganhou depois que tirou a fralda, da alegria de me dar colares feitos de macarrão, da importância dos bilhetes desejando boa prova, de brincar com o avô muito fraquinho na cama do hospital, da tristeza de encontrar uma baleia encalhada na praia, do encantamento de ver o Lucky andando no corredor do apartamento: *Gente! Nós ganhamos um cachorrinho!*

Minha filha tem alma de artista, olhos de poeta e leveza de beija-flor. Nasceu cor-de-rosa com jeito de aurora, rechonchuda como um boto, inesperada como um milagre. Veio trazendo muitas boas-novas, desafios e sorrisos. De um jeito mágico, minha filha me trouxe de volta para mim mesma. Nasci dela.

Minha filha chegou para me ensinar a viver melhor e tem a gentileza e a generosidade de me fazer perguntas e querer aprender comigo. Ela grava minhas histórias, sabe o nome dos cavalos que eu cavalguei na infância, conhece os casos de assombração das minhas noites insones. Minha filha me vê menina: *Mãe, se eu te conhecesse na escola ia querer ser sua amiga!*

Minha filha tão intensa e profunda visita meu passado para me fazer presente em sua vida. Curiosa e ávida, quer conhecer o que ama e amar o que conhece, e eu me deixo conhecer por muitos inteiros, pois sou muitas. Ela já viu meus abismos, meu rosto transfigurado pela dor, já ouviu minha voz contaminada pelo ressentimento, já me buscou em vão, quando perdida de mim afastava-me da luz.

Minha filha tão livre e luminosa me conta o que aprende, o que escreve e aquilo que gosta. Ela toma minha mão e num gesto amoroso descortina seu mundo, seu olhar, as impressões que os livros, os filmes, os mestres e as viagens vão deixando no seu espírito irrequieto e incansável. Num acordo tácito, ela acessa minha memória, e eu vislumbro a construção fascinante do acervo da sua alma. Fico maravilhada. Já não posso acompanhar o desenho do seu voo. Ela é maior, mais forte. Penso contraditória, orgulhosa e humilde, sou sua mãe, e isso quer dizer, fui transformada por ela.

Minha filha honra o que me é mais sagrado: o amor às palavras, aos horizontes largos e à alegria de viver. Ela nasceu do meu corpo, mas é a minha alma que a reconhece.

nada pessoal

– Ontem esqueci as chaves de casa no carro e voltei para buscá-las. Eu nem lembrei que você estaria aqui e que se eu tocasse a campainha você abriria a porta! – Contou-lhe o marido enquanto se barbeava.

Sentada à mesa ela olhava fixamente a impossível transcendência das migalhas de pão espalhadas sobre a toalha e o resto de café no fundo da xícara. Folheara o jornal sem nada ler só para manchar os dedos.

Nos dias comuns, nos seus todos os dias sempre tão iguais, ela terminaria o café da manhã e arrumaria a casa com diligência robótica, cataria roupas e objetos fora de lugar, esticaria os lençóis amassados de insônia e sexo malfeito, lavaria pratos de refeições silenciosas, esvaziaria cinzeiros e o lixo do dia. Mas aquele não era um dia comum.

Passou por sobre as folhas do jornal, leu que era uma quarta-feira. Saiu de casa sem fechar a porta, sem tirar a mesa, nem a camisola do corpo.

Foi saindo num sair longo largo demorado. Era mais um desprender-se, descolar-se, desvencilhar-se. Enquanto saía via o quanto já estava longe e não percebera.

Passou o dia num banco de praça. Alheia às crianças, aos cachorros, aos solitários, aos bêbados.

Sabia de tudo o que tinha vivido até aquele dia. As cartas jogadas, os sonhos que vingaram, os que não aconteceram, as grandes e as pequenas alegrias, as juras quebradas e as promessas impossíveis de manter. As traições não consumadas, as pequenas grosserias, as frustrações, as raivas. Sabia do amor que murchou sem alarde, sem notícia. Sabia da cumplicidade, dos momentos sagrados. Pensou na paixão que acabou e que foi poderosa um dia. Pensou no afeto, no querer bem, na admiração perdida. Lembrou conversas adiadas, más-criações, desatenções. Pensou que acertaram muito mais que erraram.

Nada era imenso nem trágico. Nada era vil ou odioso. Não era infernal. Não havia dolo nem culpa. Não havia gritos irados, só silêncios desconcertantes. Não havia desrespeito, só invisibilidade. Não havia drama, só cansaço. Por delicadeza não brigaram, nem se magoaram. Por descuido, não se alertaram. Por indiferença, não se ofenderam. Tornaram-se desimportantes. Foram se esvaindo. Foram se evadindo. Não leram os sinais nem perceberam os sintomas. Não houve premeditação nem artimanhas. Era tudo subcutâneo, subterrâneo. Sonegaram dores e crises. Calaram tolices e fantasias. Não era raiva. Era só desamor. Nada pessoal. E a dor, passaria... um dia.

Era uma história igual a tantas outras. Solidão. Desgaste. Frustração. Cansaço. Era mais uma história comum, sem mistérios, sem grandiloquência.

Quando voltou para casa, ele já estava lá. Olharam-se longamente como convém a uma despedida solene. Falaram quase nada. Entendiam tudo. Enxergavam-se depois de tanto tempo invisíveis. Naquele momento quiseram-se um bem tão profundo quanto o abismo que se desnudara irremediável. Estavam absolutamente tristes e sós e não podiam ajudar-se mais.

Ela saiu do quarto enquanto ele arrumava a mala. Não sabia bem por quê, mas achou promíscuo observá-lo naquele instante. Não havia mais intimidade. Não quis saber o que ele levaria nem teve coragem de sentir o peso daquela mala.

Foi silencioso como escrever "Fim" na última página de um livro. Foi definitivo como derrubar uma árvore. Foi difícil como nascer.

Separar-se é constatar distâncias.

Ele saiu de casa num sair longo largo demorado. Era mais um desprender-se, descolar-se, desvencilhar-se. Enquanto saía via o quanto já estava longe e não percebera.

Não era nada pessoal.

lá vai minha filha

Lá vai minha filha. Minha menina. O tempo voou. Lá vai minha filha quase voando no seu vestido etéreo. Lá vai minha filha do olho grande, da pele morena e do cheiro de feijão. A menina que estreou a mãe em mim. A menina que chegou trazendo todo um universo de emoções medos encantamentos. Crescemos juntas: eu aprendendo a ser mãe, e ela aprendendo a ser ela mesma. Descobrimos duas palavras mágicas: ela me chamou mãe, e eu a chamei filha. Palavras novas e viscerais que pacientes esperavam para se cumprir. Éramos duas sendo uma em muitos sentidos. Carne da minha carne, fruto do meu amor, sonho dos meus sonhos. Ela me expandia, e eu a protegia. Ela me dava a mão, e eu todos os sumos. Ela me dava a eternidade, e eu lhe dava asas. Ela me alargava o coração, e eu lhe ensinava a caminhar sozinha. Ela me cobria de beijos, e eu a cobria de bênçãos. Ela me pedia colo, e eu lhe pedia sorrisos. Ela me traduzia, e eu a decifrava. Ela me ensinava, e eu lhe descortinava o mundo. Ela me apontava o novo, e eu lhe ensinava lições aprendidas no passado. Ela me falava de fadas e princesas, e eu lhe falava de avós e gentes. Ela me emprestava seus olhos encantados, e eu rezava por um mundo melhor. Ela me tirava o sono, e eu cantava para ela dormir. Ela me alegrava a vida, e eu vivia para ela.

Quando um filho nasce começamos a nos despedir dele no mesmo instante. Nosso, ele só é quando no ventre. Depois somos seus abrigos, seus condutores, seus provedores sem nunca esquecer que eles começam a ir embora no dia em que nascem. No começo o tempo parece parar. A plenitude da maternidade e a dependência dos pequenos criam a ilusão de que será assim para sempre. Mas não. Eles crescem inexoravelmente em direção à independência. Cumpre-se o ciclo da vida, e é melhor que seja assim, caso contrário, significa que algo de muito triste, inverso ou perverso aconteceu.

Lá vai minha filha. Assim seja.

Olho seus olhos enormes e profundos e vejo os mesmos olhos que ainda na sala de parto me olharam intrigados, solenes, como que me reconhecendo, me convocando. Eu disse *sim* à minha filha, imediatamente, a segui desde aquele instante, entregue, eleita. O amor que eu senti foi tão avassalador e instantâneo que cheguei a ter medo. Sim, na hora que nasce o primeiro filho, a gente compreende a fragilidade da vida, a fugacidade das coisas e passa a ter medo de morrer. O fato de ela precisar de mim me tornava única, imprescindível. Eu não podia falhar, eu não podia morrer, afinal foi ela quem me escolheu. A partir dali tudo mudou. Meu espaço, meu papel, minha relação com o mundo adquiriu outra dimensão: eu era mãe!

Crescemos juntas. Somos amigas. Mãe e filha. Ao longo desses anos rimos, choramos, brigamos, resolvemos impasses, estreitamos laços, vencemos batalhas, enfrentamos noites escuras. Contamos uma com a outra, sempre. Às vezes era eu quem a socorria, outras vezes era ela quem me amparava. Não foram poucas as vezes em que os papéis se inverteram, e ela foi minha mãe. Às vezes me pergunto se eu dei a ela tanto quanto recebi. Sinceramente, acho que não. Desde o momento zero ela transformou minha vida e, num movimento contínuo, faz de mim uma pessoa melhor.

Lá vai minha filha. Apaixonada e confiante. Ensaiando voos, escolhendo caminhos, encerrando ciclos.

Eu, feliz, penso: cumpra-se!

outra conversa no escuro

– Mãe, você já morou sozinha?
– Não, filha, nunca.
– Então essa vai ser a primeira vez para mim e para você.

E assim, inauguramos o ninho vazio e a posse de todo um reino. Minha filha e eu. Mais uma vez. Juntas em caminhos separados, avistando-nos, embora mantendo sábias e conquistadas distâncias. Ao alcance do abraço, mas protegidas dos grudes, do ranço, da ferrugem da convivência.

No instante em que a decisão se concretizou em escritura, inauguramos um tempo. O tempo de apartar.

– Posso dormir com você hoje?

E assim, conversamos no escuro. Mais uma vez. Minha filha e eu. A velha mania de conversar no escuro quando só as palavras existem, iluminando, pontilhando o pouso dos pensamentos, delineando sombras, dando corpo aos silêncios. Isso acontece sempre que não queremos a distração do mundo, das imagens, das horas e só as palavras importam – recém-nascidas intactas encantadas. Os assuntos sem pauta nem hierarquia vão borbulhando e saindo. Insignificâncias, perguntas adiadas, revelações, devaneios. E as palavras faiscando, cruzando a escuridão como cometas, frutos maduros, rebentando.

Ela fala da vida, da sua prontidão para o viver. E eu vejo o mundo se abrindo em possibilidades, apaixonado pela minha filha. Viver é mesmo irresistível, e o futuro é o lugar onde ela mora. Mais uma vez eu penso: na vertigem da liberdade, minha filha exercita asas e arruma a bagagem.

– Mãe, o que você acha que fez de errado ou deixou de me dar?

– Ah!! Essa é uma resposta muito comprida – respondi e desconversei, pois sei que será ela mesma quem se dará a resposta e que serão muitas. Cada uma ao seu tempo.

Depois falei que sentia pena de não ter passado para as minhas filhas a minha Fé.

– Fé é como mãe, faz falta quando não se tem!

Podia ouvir o coração da minha filha dançando uma dança inaugural, marcando um ritmo só seu. Podia ouvir meu coração, nem triste, nem alegre – sereno. Um coração maduro que simplesmente reconhece a música que vem sendo composta ao longo do tempo. Viver é intransferível, e o passado é o lugar de onde estou sempre chegando.

No dia seguinte, lá estávamos nós. Assistindo a um filme na minha cama. Um filme tristíssimo que nos fez chorar demais: *Dançando no Escuro*. A única redenção da personagem cega era ouvir sua música interna. Minha filha lembrou de uma lenda africana que lhe contei sobre o *Canto do Homem*. Que numa determinada tribo, quando nasce uma criança, a ela é dada uma canção. Uma canção só dela que será cantada em todas as datas importantes da vida daquela pessoa e, também, sempre que ela se afastar ou se perder do seu caminho. O canto do homem existe para que ele nunca se esqueça de quem ele é.

— Acho que hoje eu conheço meu canto, pelo menos, sei quando estou desafinando.

Brinquei que agora ela teria um canto só seu para cantar o canto só dela.

— Conversaremos no escuro lá também, mãe.

Olhei minha filha e me lembrei do dia em que ela nasceu. Ela era cor-de-rosa e gorducha. O tempo voou, e eu ainda sentia o mesmo arrebatamento. Filhas são relógios vivos.

Abrimos um vinho para brindar a nova casa.

— Vou chamar um padre para benzer o seu apartamento.

— Mãe, eu quero que você faça isso; você com sua fé e aquela sua água benta da casa de Nossa Senhora.

Generosa, minha filha abençoa minha trajetória de mãe, tão cheia de dúvidas, sobressaltos e erros, e me convoca mais uma vez:

— Não é incrível estarmos vivendo juntas a mesma experiência de morar sozinhas?

Sim, é incrível, pensei. É incrível gerar filhas e nascer delas.

casario

As pessoas são mansões senhoriais, casa interiorana, quitinete ou vão fétido de viaduto. Tudo ao mesmo tempo. Todos nós somos gente-caracol. Trazemos nas costas e na memória as nossas casas. Aquelas de tijolos, madeira e cimento e aquelas feitas de ecos, espumas e miasmas.

O amor me encontraria casa avarandada, debruçada sobre poentes, luares, umidades de mangueiras e fruta-pão, janelas escancaradas, inundadas de ventos e serenos, quartos perfumados de suspiros.

A alegria me encontraria casa de fazenda, abraçada por um rio que *desaguaria em mim* e seguiria comigo vida a fora. Casa com quintal, sol a pino, mesas imensas, flores singelas para santos familiares, toalhas bordadas por mulheres amigas, assoalho brilhoso, bichos, crianças, pássaros e chuvas em comovente algazarra, tudo sendo, sem pressa de futuro.

A amizade me encontraria casa interiorana com portão,

porta e braços abertos, bolo no forno, café no bule, relógio parado.

A solidão, dependendo do dia, me encontraria apartamento fechado apertado despido de música. Outros dias, seria bem-vinda e me encontraria casa expandida cheia de mim, pintando, lendo, bordando lembranças.

A desilusão me encontraria castelo de areia, e o desespero me encontraria labirinto. A loucura me encontraria emparedada, numa casa sem portas, e o abandono me encontraria asilo. A miséria me esconderia debaixo das marquises e nas feridas da cidade, e a caridade me encontraria morando ao lado.

O medo me encontraria bunker, e os fantasmas me encontrariam sótão. A culpa me encontraria porão, e a fé me encontraria capela.

Os filhos me encontrariam lar, e a palavra me encontraria dicionário.

São muitas as portas que dão em mim. São muitas as vistas que tenho das minhas diversas janelas e muitos os segredos que guardam as paredes que me espreitam. Um emaranhado de fachadas corredores salões terraços cozinhas quartos. Casas geminadas casarões apartamentos de fundos coberturas bancos de praça. Sou tudo isso. Casario. São muitos os cantos e os campos onde caibo. São muitas as casas que me habitam.

fica mais um pouco

Fica mais um pouco. Fica aqui comigo. Fica mais tempo na minha vida, nas horas, ao alcance da vista. Fica mais, mesmo que longe, pois a mim basta a certeza de que você caminha sobre a Terra, respira, me ama, me chama por nomes antigos, só nossos, impregnados de cheiros histórias paisagens.

É cedo, muito cedo. Fica mais. Às vezes tenho a sensação de que só agora começo a te compreender, a te enxergar sem defesas, minhas e tuas. Só agora te vejo liberta de todos os adereços couraças disfarces véus. Só agora te olho nos olhos sem medo dos teus abismos, do teu brilho, das tuas verdades e dos teus desvarios. Só agora te ouço sem o burburinho dos desgastes cotidianos, sem o eco das palavras mal ditas, sem os silêncios gélidos da solidão acompanhada, sem as bênçãos noturnas e as ladainhas do viver. Te ouço nas pausas, nos sonhos, nas ausências. Te ouço nas lembranças perdidas, escuto teus olhos, te leio as linhas do rosto, das mãos.

É cedo ainda, mãe. Fica mais um sempre.

Só agora te vejo inteira, todas as mulheres que você é e foi. Acolho todas, converso com todas as suas você-mesmas. Te enxergo caleidoscópica, múltipla como uma colagem fascinante de muitas faces, fases, falas. Te vejo sem a mesquinhez da minha imaturidade, sem o distanciamento das fronteiras, sem a superficialidade dos pensamentos mágicos. Te vejo frágil e velhinha, mas também a menina sonhadora, jovem corajosa, mulher apaixonada, mãe leoa. Te vejo exuberante linda culta divertida, uma estrela que habitava a minha casa. Te vejo triste aterrada atormentada ferida desesperada; rezando, buscando o divino, o transcendente, o esotérico, as respostas para a alma. Te vejo companheira, enfermeira, avó; amiga, confidente, conselheira. Te vejo colo, luz, rumo. Eternamente saudosa da casa da tua infância, das gentilezas das avós, da doçura do teu pai, da fortaleza da tua mãe. Posso até ver, sem jamais ter visto, você pequena, caminhando entre roseiras e cambraias bordadas, feliz e segura, certa de que aquele mundo duraria para sempre. Ah, minha mãe menina, uma parte imensa de você nunca saiu daqueles jardins. Te vejo e, te vendo, me vejo também – e aprendo e me encanto.

Impregno meus olhos dos teus traços, meus ouvidos da tua voz, minha memória das tuas memórias, minha consciência das tuas vivências. Te celebro em gestos simples que repito sem perceber, te perpetuo no meu amor pelas palavras e pelos livros, te sento à mesa e sirvo, em pratos de família, receitas ancestrais. Te eternizo nos casos que conto para minhas filhas. Te reconheço no meu rosto, nos meus trejeitos, nas minhas manias, nas flores da minha casa. Penso em você quando as borboletas aparecem no jardim e quando, depois da chuva, a terra quente exala um cheiro de *Vent Vert*. Te procuro nas minhas tempestades. Te trago na alma como um talismã e agradecida penso: não temos pendências. Fica mais um pouco, mãe, e a gente inventa um tempo, uma minúscula eternidade. Mesmo em compasso de espera, em ritmo de sobressalto, ainda há tempo. Mesmo debruçada sobre o inevitável medo do desconhecido, mesmo sabendo da inexorável finitude de tudo que existe, mesmo antecipando a absurda saudade, mesmo sabendo que tudo valeu a pena, a menina em mim sai em busca daquela outra menininha que caminha nos jardins da tua memória e pede: fica mais um pouco!

E ela, a menina-você, espantada vai pensar: *De onde vem essa que me olha como se me conhecesse, que me faz um pedido estranho, a quem eu respondo, sem pestanejar nem saber por quê: "Fico, sim!"?*

Ainda é cedo, mãe, vem brincar...

quando você me esquecer

Quando você me esquecer, não deixe de se lembrar de mim, mesmo que seja de outro jeito, com outro nome, outra cara. Quando você me esquecer, deixe que eu me pulverize na sua névoa, nos seus enganos, delírios e até demônios.

Antes de me esquecer, me deixe entrar, me esconder nas suas imagens primordiais, nas paisagens do seu acervo, nas palavras que você emudeceu para não perder. Antes de me esquecer, receba meus beijos, minhas histórias, minhas bobagens, meu riso e me chame de filha mais uma vez. Antes de me esquecer, me dê novamente um nome. Profira, enuncie, proclame meu nome mais uma vez. Reconheça-me antes de me esquecer.

Se você me esquecer, mãe, me encontre em ventos ecos sombras. Nos vãos, nas dobras, no subterrâneo, no lado escuro da lua. Que eu deixe rastros, impressões alinhavos sussurros. Que partes de mim, das suas lembranças de mim, espreitem por debaixo dos véus, das demãos, das pátinas, como as imagens submersas num pentimento, como a certeza das pedras limosas no fundo do lago, como as cidades abandonadas que adormecem soterradas pelas areias ou engolidas pela floresta.

Assim, mesmo que você me esqueça, estarei em você: vestígio molecular, resíduo insolúvel. Seguirei impregnada, guardiã das suas lembranças. Dê-me todas as que você quiser, invista-me delas, capacita-me a lhe ajudar a lembrar de si mesma e a nunca esquecer quem eu fui para você.

E se nada disso for suficiente, se você for mesmo embora de si, com a alma distraída, para sempre outra, que você apenas descanse como os não nascidos descansam. Sem passado, sem presença, em mansa espera. Remanso.

aninhada em mim

– Melhor você vir pra cá.

A voz grave da minha irmã e a mensagem curta não deixavam dúvidas. Tomei o avião, mas foi no pensamento que viajei. As imagens em turbilhão, o tempo desmoronando, e eu numa cápsula revendo flashes da minha vida. E minha mãe sempre lá: superstar mentora anjo da guarda mater dolorosa confidente heroína prima-dona. Imensa, no brilho e na sombra; espaçosa, na graça e na presença. A estrela da casa, a rainha absoluta do lar. E lá ia eu, no ar, no tempo, seguindo minha mãe vida afora até o fim que se desenhava inadiável.

Nos últimos meses, sempre que podíamos conversávamos de mãos dadas, deitadas lado a lado, na sua cama. Conversas amenas conselhos revelações frivolidades. Um fluxo caudaloso, fecundo e primevo brotava dando liga, iluminando pontos, amansando as arestas, preenchendo as lacunas. Minha mãe, que me ensinou a amar as palavras, se despediu com palavras, numa eloquência de rio tropical. E por saber que as palavras são sagradas e benditas, ela me deu palavras, e não silêncios. Penso naquelas conversas como uma brincadeira de passa anel, onde minha mãe parecia dizer: *Guarde o meu anel, bem guardadinho*, ao me passar seus ensinamentos jurisprudência senhas dogmas e segredos.

– Vou morrer de saudades, mãe.

E lhe dizia baixinho que escolheria mil vezes nascer sua filha e receber todo o universo de pessoas e lugares que ela me deu. O pai que ela escolheu para mim, minha irmã, meus avós, as tias, as casas que me habitarão para sempre.

Às vezes ela parava tudo e dizia:

– Vamos dar uma risada?

E então caíamos na gargalhada porque aprendemos que a alegria cabe em todo canto onde a vida cabe.

Numa dessas ocasiões, minha mãe, muito grave, abençoou minha alegria, e nenhuma outra bênção foi tão bonita.

– Alegria é coisa séria, minha filha. Ave, Alegria!

Outras vezes chorávamos quietas, sem drama. As palavras ditas nessas horas têm reverência e encantamento. Chorávamos ao ver que tudo estava dito clarificado absolvido e não havia mais pendências reticências nem vazios. Ficávamos ali, serenadas, saciadas.

– Mãe, você tem medo de morrer?

– Da morte, não, da hora H, sim.

Falei que eu também tinha medo dessa passagem, que gostaria de estar acompanhada. Que, desde a morte do meu pai, sofro ao pensar na solidão que ele deve ter sentido diante da morte, na UTI. E num rompante desvairado prometi o improvável:

– Estarei ao seu lado, mãe.

Quando o avião aterrissou, eu só pensava se teria tempo de encontrá-la com vida. Sim, lá estava ela. E mais uma vez tivemos tempo. Um tempo exíguo. O último tempo medido por ponteiros, batimentos cardíacos, respiração, rotação da Terra. O tempo que será sempre insuficiente para mães e filhas.

Passamos a noite de mãos dadas. Solenes, apascentadas.

O dia chegou luminoso e fresco. Descombinado com a morte. Um daqueles dias azuis que só acontecem no Rio de Janeiro. Minha mãe estava pronta. Cheirosa, penteada, camisola de seda, sentada na poltrona.

Sofreu uma primeira parada respiratória. Pude abraçá-la enquanto segurava a máscara de oxigênio. Ela ainda recobrou os sentidos e me chamou, certificando-se de que eu estava ali.

– Dinha?

Minha mãe me convocava para a intransferível missão. Ouvir meu nome ecoando naquele último instante, enunciando o nosso pacto, era uma investidura assombrosa.

– Sim, mãe, estou aqui. Coragem, estamos juntas.

Ela me olhou a princípio assustada, mas logo depois assentiu confiante, serena, indo embora.

E assim foi, minha mão conduzindo minha mãe à morte, meus braços de filha aconchegando, embalando, ninando minha mãe menina no inverso de nascer. Minha mãe morreu aninhada em mim, amalgamada, acalmando minha alma. E eu, manto, remanso, mãe. Quisera ter cantado para minha mãe dormir. Só me lembro do volume do abraço, do seu perfume e da minha voz repetindo *estou aqui, estou aqui, tá tudo bem, tá tudo bem.* Esse foi o acalanto possível.

Penso nas muitas vezes que minha mãe me conduziu a algum lugar ou esteve ao meu lado, me fazendo sentir amorosamente acompanhada. Primeiro dia de aula, festas, viagens, livros, casamento, partos, separação.

Coube-me conduzi-la até o ponto último possível, estar ao seu lado na passagem, levá-la até o limiar da vida como a conhecemos, acompanhá-la até a fronteira do tempo, ajudá-la a transpor as barreiras invisíveis e definitivas do insondável.

Perco o fôlego sempre que lembro aqueles instantes. É muito simbólico, poderoso e redentor. Minha mãe morreu nos meus braços. Nada do que eu vivi até hoje me fez sentir tão honrada.

O poeta diz que, se fosse rei do mundo, proibiria as mães de morrerem. Eu, menos lírica, baixaria uma lei, a de que mães só devem morrer acompanhadas dos filhos, encerrando a ciranda, a corrente de laços, abraços e mãos entrelaçadas que se inicia quando nos dão à luz. Quando voamos para o absoluto desconhecido da vida, são elas quem nos amparam. Nada mais justo que estejamos lá quando elas se forem, ajudando-as a voar. Conduzir as mães à morte deveria ser um dever sagrado dos filhos. Uma retribuição amorosa, natural, uma ode à gratidão.

por um fio

Já era a terceira vez que ligava. Deixava tocar até a ligação cair. Podia ouvir a campainha do telefone ecoando na casa vazia. Podia ouvir o som reverberando nas paredes despidas, correndo pelo piso desencapado, batendo nos vidros fechados como passarinhos em voos cegos.

Tantas vezes ela ligou e intuiu a hora em que o telefone seria atendido. Normalmente no quarto toque. Nunca de primeira.

– Alô.

Ela queria ouvir mais uma vez.

– Alô.

Digitou o número e desligou. Ligação terminada. Mais uma vez. Conectando. Ligação terminada. De novo. Imaginava o barulho do telefone a procurar as pessoas na casa, a vasculhar os quartos, a buscar a voz e o cheiro de quem morava ali. Pensou no som como se fossem seus olhos, a deslizar, a abrir portas, a procurar em vão, pelos cômodos vazios.

– Alô.
Ninguém atendia.
Há meses ela faz isso. No meio da noite, ao meio-dia, de madrugada, a qualquer hora. À toa, a toda hora, até agora. 373404. O primeiro e único número de telefone que os pais tiveram. Desde os nove anos ligava 373404, e uma voz familiar respondia *alô*, e ela sabia que estava em casa, mesmo estando longe, em outra cidade, em outro continente. Ela estava em casa porque eles estavam em casa, do outro lado da linha, depois do alô.
Primeiro acostumou-se a não ouvir a voz do pai. Foi como ensurdecer por partes. Aos poucos, a voz da mãe virou também a voz do pai, e dela pequena, e da irmã adolescente, e dos seus avós. A voz da mãe era a voz da sua história. Um rio, uma estrada. Casa.
Alô. Estou chegando. Passei no vestibular. Bati o carro. Vou dormir na casa do Pedro. Vamos nos casar. *Alô*. Estou grávida. É uma menina. Como assim, muito doente? Não quero enterrá-lo. *Alô*. Ele me deixou. Quero colo, mãe. Dói muito. *Alô*. Vou com você ao médico. Vou ficar ao seu lado. Até o fim. *Alô*. Silêncio.
373404. *Alô, mãe?* Quantas vezes repetiu essas palavras na certeza da resposta: *Ô, minha filha! Eu sabia que era você.*
373404. Às vezes, ela sequer digita o número, fica com o aparelho na mão como se fosse possível encontrá-la do outro lado da linha e simplesmente decidisse não telefonar naquele instante, como se estivesse apenas adiando uma conversa, como se tivesse essa escolha: a opção de ligar mais tarde. Sente falta

da mãe do outro lado do telefone a lhe falar do seu dia e a ouvir como foi o dela. Sente falta da sua presença no mundo, da certeza de que ela estava lá, no seu apartamento com suas ideias, suas carências, suas mazelas, sua risada e seu amor. Humana, ao alcance de um abraço, sem pressa de ser, sem urgência. Sente falta até de ligar e ouvir: *Sua mãe não pode atender, liga mais tarde* e saber que haveria mais tarde.

373404. *Alô.* Ela liga em vão para lembrar de tudo que não foi dito, o que ainda dança na cabeça, ainda arranha a garganta e emudece. Liga porque o passado ainda reverbera e pronuncia palavras antigas e enuncia saudades, caminhos sem volta. Liga para ficar em silêncio e sentir o peso da ausência da mãe. Liga porque às vezes não tem para onde ir e ela liga para a casa dentro dela.

– Alô.

em tempo

– Mãe, a bolsa estourou! Tô indo pra maternidade. Avisa ao papai?
Do outro lado da linha, ela apenas assentiu, aceitando submissa que os acontecimentos eclodissem.
– Mãe? Você ouviu?
Mais uma vez balançou a cabeça, zonza, e só então falou:
– Filha, me espera, eu quero ir com você. Não faz nada sem mim, não deixe que nada aconteça antes de eu chegar.
Não conseguiu terminar a frase. O telefone foi desligado. Ficou zanzando pelo apartamento sem saber o que fazer primeiro. Ligou o chuveiro, mas saiu em direção à cozinha, pois um vazio no estômago que deveria ser fome levou-a até um bolo de fubá que foi devorado sem clemência. Voltou correndo para o quarto enquanto a pouca água do planeta se esvaía pelo ralo. Impossível ter consciência ecológica nessa hora. A essas alturas o bolo de fubá parecia uma jaca dentro da sua barriga. Olhou

o guarda-roupa: calça comprida? Vestido? Cor clara? Sapato baixo? Brincos? Pegou a água de Nossa Senhora de Lourdes, procurou em vão por um maço de cigarros. (Esquecera que não fumava havia vinte e oito anos!) Voltou ao banheiro, entrou debaixo do chuveiro e... não acreditou! Entrou vestida, de roupão, sandália e ainda por cima, molhou a cabeça! E agora? Não ia dar tempo de secar, escovar, arrumar... Paciência.

Depois de meia hora estava no carro, cabelos molhados, cara lavada, roupa confortável, munida de celular, água benta e de um maremoto interno. Sua filha ia dar à luz uma menina. O simples esboço desse pensamento inundava seus olhos e como uma onda trazia lembranças de fundo do mar.

Lá ia ela, guiando através dos carros e das lágrimas pelas ruas de São Paulo. Será que esqueceu alguma coisa? Lembrou que precisava avisar ao pai. Sentiu preguiça. Desconforto. Uma raiva mesquinha. Quem disse que queria dividir aquilo com ele? Ok, era justo e legítimo, ia ligar.

– Alô? – reconheceu a voz e sentiu alívio por ter sido ele mesmo quem atendera.

– Ana foi para a maternidade. A nenê vai nascer. Ela pediu pra avisar.

Silêncio.

– Alô?

Silêncio.

– Você ouviu?

Comovida e irritada, viu que acontecia com ele o mesmo que acontecera com ela quando a filha ligou dando a notícia.

– Fala pra ela que eu tô indo, pra ela esperar que eu tô indo.

Reconheceu na fala a mesma onda avassaladora tudo varrendo, tudo trazendo, remexendo. Estavam no mesmo barco, no mesmo tsunami, no mesmo porto de desembarque. Mais uma vez no mesmo barco, eles dois, que juntos já percorreram tantos mares, fizeram tantas travessias fascinantes e tomaram posse de tantas terras. Mais uma vez no mesmo barco, eles dois, que juntos ousaram sonhos, tormentas, paraísos, futuro e juntos esgotaram horizontes, ocultaram eclipses, negaram calmarias, resistiram ora heroicos, ora agônicos aos cantos de sereias para finalmente naufragarem perplexos.

Chegaram praticamente juntos à maternidade e juntos ouviram que a filha estava na sala de parto e que eles poderiam aguardar na sala de espera do quarto andar.

Sentaram-se. Deram alguns telefonemas. Tomaram alguns cafés. Foram avisados de que tudo estava bem. Que Ana estava sendo preparada, que as contrações estavam regulares e que eles seriam mantidos informados.

O tempo então colapsou. Passado, presente, memória, futuro, continuidade, mudança.

A proximidade dele naquela situação trazia-lhe um conforto familiar e muita melancolia. Pensamentos ermos passaram sem pressa e outros cruzaram sua mente como relâmpagos. Toda uma vida, milhões de imagens, palavras ecoando perdidas. Saudades. Mágoas. O dia em que Ana nasceu. Eles juntos mais que juntos próximos mais que próximos unidos. Ana crescendo, eles jovens, crescendo também. Ana descobrindo o mundo, eles também. Ana, relógio vivo, eles ocupados vivendo. Primeiro dia de aula, primeiro acampamento, primeira menstruação, primeiro namorado. Ana, entrando na faculdade, eles na maturidade. Ana se formando, ele saindo de casa. Ana se casando, ele também. Agora ela se dava conta de que quando visitasse o neto seria apenas a visita da vovó, e não da vovó e do vovô. Achou triste. Teve vontade de chorar. Era irracional, mas sentia-se em dívida com a filha por tudo aquilo. Sempre pensou que visitaria os filhos de Ana ao lado dele. Não tinha para quem reclamar as mudanças das regras do jogo. Não tinha para quem reivindicar o velho futuro, aquele que não aconteceu. Não tinha para quem explicar a estranha presença de um membro amputado.

A enfermeira entrou e avisou que se eles quisessem poderiam ir para a janela da sala 3.

Caminharam lado a lado e lado a lado ficaram lá, rostos colados e mãos espalmadas no vidro. Assistiram juntos à filha tornar-se mãe e juntos tornaram-se avós. Abraçaram-se quando viram Isabel surgir amassada, chorona e saudável. Lembraram-se de Ana, deles mesmos e juntos fizeram uma prece, uma louvação, uma pausa. Juntos receberam mais essa dádiva da vida, dividiram a emoção indizível, aceitaram seus novos papéis. Só ele podia imaginar como ela se sentia e só ela podia imaginar como ele se sentia.

Tudo porque um dia estiveram juntos.

Horas depois, despediam-se no estacionamento. Recompostos, cerimoniosos. Precisavam voltar aos seus postos. O nascimento da neta trouxe o passado para uma proximidade promíscua, desconcertante. Rasgou-se o tecido do tempo: queda, vislumbre, expansão. Precisavam digerir uma nova geografia. As fronteiras se abriram, e o passado não era mais dolorido ou contravencional. Aliás, não havia mais distinção entre passado, presente e futuro, apenas a memória.

Nos seus carros a caminho de casa, o desenho no asfalto molhado das ruas confundia-se com a trama poderosa e redentora da linha do tempo que se estendia fresca e irresistível como um arco-íris depois da chuva.

nomeando

– Ela vai se chamar Hilda.
– Mas Hilda é nome de velha!
– Hilda é nome de família, da minha mãe!

E assim cresci, ressabiada com meu nome de tia, de avó, de alguém que nunca se pareceria comigo.

Para complicar tinha o Kruschewsky.

– Mãe, por que no meu nome tem três letras que nem existem no ABC?
– Porque é polonês.
– É muito difícil de soletrar com o ípsilon e o dábliu.

Era mesmo um suplício nos idos dos anos 50. Até de Cruz-
-Credo me chamaram. E para confundir, havia os famosos Kruschev e Kubitschek.

– É parente do presidente?
– Não, sou neta do meu avô Alcides.

No meu primeiro dia de aula no Rio, a professora estacou no

bendito nome na hora da chamada.

– É russo?

– Não, baiano – respondi exilada.

E lá fui eu, com meu nome estrangeiro em terras tão brasileiras. Um nome onde não cabiam coqueiros sabiás onças sapotis. Que vinha encapotado de terras tristes céus cinzentos salgueiros rouxinóis.

– Hilda com I ou com H? – é a pergunta invariável que acompanha meu nome.

Cresci e fui me acostumando com ele. Adorava a minha avó Hilda e isso facilitava. Minha avó – filha de caboclo com alemã – me ensinou a gostar de escrever bilhetes, cartões, cartas e a caprichar na caligrafia.

– Letra bonita é casa arrumada.

Dona Hilda era a minha avó. Foi difícil virar dona Hilda depois que me casei. Aliás, foi muito estranho, porque precisei tirar o Kruschewsky para virar uma dona Hilda nova. Por vinte e seis anos fui Hilda Setúbal. Esse era o nome sem passado que eu adquiri quando vim para São Paulo. Era uma Hilda que passou a existir porque casou com um nome sonoro já tão cheio de histórias, louros e retratos na parede.

Lá estava eu, sempre estrangeira, com nome e genealogia alheios.

Um dia meu nome me acordou dizendo:

– Escreve um livro, vai. Conta como foi o antes disso tudo.

E assim foi. As palavras vieram generosas, em jorros de alegria e encantamento, as paisagens os cheiros as pessoas. Meu nome me tomou pela mão e me fez percorrer os labirintos da memória. Quando voltei, tinha um livro pronto e um passado resgatado. Tudo meu, todo meu.

Depois, troquei o nome da Certidão de Casamento pelo da Certidão de Nascimento. Maria Hilda Kruschewsky Lucas. Meu nome completo, de mim inteira. Onde cabem avós maritacas moquecas fazenda Copacabana Higienópolis o mundo todo. O nome que me coube, onde eu caibo.

E como num bordado bem-feito, com volteios e voltas, me tornei a avó Hilda das minhas netas e de "quem mais chegar".

Cá estou eu, repetindo e recomeçando a vida, com meu nome de avó, e das muitas outras que eu sou ou fui. Todas têm um nome meu. Um nome próprio, que anda comigo por onde eu vou. Ora me carregando, ora sendo carregado.

Virei Hilda Lucas – o nome que se escreveu para que eu pudesse voltar para a casa em mim e de lá pudesse ganhar outros mundos e palavras. Acordo e durmo com ele, nomeando quem sou e o que amo, assinando embaixo, autora da minha vida.

Apaziguada, soletro meu nome. Uma construção. Sim, nome também é casa.

tudo muito

Tudo muito desde o começo, tudo tanto o tempo todo, e o olho antena atenta tudo via ouvia cheirava provava, todavia olho. Mas era tanto para olhar tudo muito, eu saindo coberta de gosmas, assustada querendo voltar, laçada pelas garras geladas do fórceps, saindo a pulso na contramão detestando nascer experimentando dor ruído ar nos pulmões, tudo muito, tudo imenso, e eu solta no vácuo entre útero e colo, voando pousando trêmula estridente nos braços da minha mãe. Pausa. E o olho tudo via, todavia fechado, tudo muito, acordando poros narinas tímpano. Ouço meu choro e tenho medo de mim. Quem é esse que me fere o silêncio dos olhos? Duas gotas de nitrato de prata rasgam o breu e a luz explode na escuridão. Tudo muito, muito vivo, e eu pensando sem palavras que nascer é pavoroso até sentir o cheiro dela o calor correndo do corpo dela a voz dela calando meu desespero me assegurando porto ninho regaço casa. E eu sem saber sentir nem pensar aquietei exausta de tanto tudo finalmente nascida e já ressurrecta. Mãe. Minha mãe me olhava e me reconhecia. Nascidas as duas mãe e filha feitas de gosma sangue suor leite lágrima sonhos. Tudo muito. Para sempre muito. Sempre. E nascer ficou para trás, e o ninho pequeno resistindo em vão à vida lá fora. Tanta vida tanto mundo, e os olhos sorvendo descobrindo descortinando, e lá vinham nuvem revoada estrela-d'alva sereno corredeira peixe-boi flor de acácia marimbondo joão-de-barro fogueira calão água-viva água-benta aguardente aguaceiro enxurrada estrada de ferro pau de sebo quadro-negro goma-arábica laranja-de-umbigo. Tudo muito tudo composto coletivo numeral plural. E o mundo escorrendo para dentro de mim, e eu inchando de tanta cor tanto cheiro tanta forma tanta gente. Olha o trem olha o rio olha o vento a poça d'água o urubu a catapora a ova do caranguejo o quebra-pote. Tudo tanto tudo muito. E eu aprendendo a fazer conta quanta estrela quanto peixe quanto cacau quanto menino. Um mais dois três, cinco vezes quatro vinte, e as coisas se multiplicando somando tudo tabuada. E lá vêm as Três Marias a Via Láctea as constelações todas despencando do céu sobre as crianças na praça, pingando do firmamento feito banho feito bênção. E nos olhos marejados de luz brilhavam mariposas presas detrás das pálpebras. Tudo luzindo tudo resplandecendo, e eu sendo menina vaga-lume. Olha lá, minha filha, não pare de olhar nunca, olha o doido olha o morto olha a santa olha a mulher-dama o jagunço a professora o afogado tudo gente tudo muito. Olha o sagrado em tudo, tudo Deus tudo maior que tudo, a hóstia consagrada o rosário o manto azul de Nossa Senhora. Tudo muito tudo por nós. E meu coração tabernáculo e minha casa abóboda celeste, tudo adivinhando o divino. E o que é trovoada, mãe? São os anjos arrastando os móveis do céu, não tenha medo, é barulho alegre. E eu crescia o olhar e lia o mundo. Depois os livros grudaram nos meus olhos e toda aquela gente saindo dos livros contando histórias, e as palavras brotando feito olho-d'água corredeira cascata me ensinando a dar nome a tudo, tudo por todo canto. Tudo louco pra ter um nome. Primeiro o nome das coisas e depois as coisas sem nome mistério milagre pecado assombração pesadelo morte a garganta seca a palavra muda o espanto. E o olho fechado não podendo ver o que não se pronuncia e a noite correndo num tempo pegajoso inverso de nascer. Abismo silêncio escuridão. Tudo tanto tudo muito tudo susto, o inominável anônimo. E eu, que já gostava de ter nascido e de andar viva por aí, às vezes sentia medo de viver num canto escuro dentro de mim. Mas não. Logo corria ávida atrás da alvorada jogando fora a casca das sombras criando asas passarinhando crescendo aparecendo voando pra longe. A descoberta do mundo e das palavras é uma coisa só. Tanta vida tanto mundo tanto alumbramento nos dicionários. Dicionário é mapa senda senha livro sagrado. Tudo lá esperando ser decifrado, tudo muito. E olha eu no avião indo pra longe crescendo espinhas peitos coxas matinê chiclete vitrola jeans rock'n'roll salto alto beijo na boca cuba-libre, solta no vendaval no redemoinho do mundo só sendo em carne viva. Tudo demais tudo muito às vezes assustando às vezes ferindo. E o Rio de Janeiro todo azul bossa nova revolução píer de Ipanema maconha paz e amor pílula vestibular. Olha os milicos a tropicália o fusca a bata indiana o biscoito globo a pílula o pasquim a seleção. E eu querendo ser hippie missionária guerrilheira indianista advogada amante esposa mãe. Tudo ao mesmo tempo. Olha lá, a dor do mundo, olha os doentes os famintos os assassinos os exilados os aviltados os insepultos os suicidas os esquecidos. Tudo muito tantos em todo canto urrando para olhos surdos. Olha o tempo a vida que segue caudalosa tudo carregando tudo tocando soberana inclemente. E a fome de vida e do mundo lá longe Londres Califórnia Nepal e a palavra liberdade escrita em neon e eu sendo Mick Jagger Neruda Barbarella Leila Diniz empunhando cartazes bandeiras incensos guitarra virando adulta de um dia pro outro diploma carteira de trabalho certidão de casamento escritura casa própria tudo tão brusco tão cirúrgico tão sério e eu tendo que caber naqueles papéis, tudo menor ao contrário do mundo ainda assim tudo muito. E olha eu mãe e nunca nada foi tanto, tudo muito mais e para sempre. Minhas filhas pousando no meu colo cobertas de gosma sangue choro. Tudo igual ao que sempre foi entre mães e filhas. Eternos ciclos circulares. Eu tecendo gerações posteridade olhando nos olhos recém-nascidos intocados de cada filha. Olha, filha, olha, é tudo imenso novo irresistível. Tudo muito. Não pare de olhar nunca. E a vida seguindo célere transbordante inexorável tudo mudando invariavelmente, e olha as rugas as perdas as pedras no caminho os desvios as rupturas. Tudo acontecendo sem parar sem ensaio sem aviso as noites escuras os calabouços as arapucas as encruzilhadas e tome tombo faca no peito corda no pescoço veneno no copo fel no coração orfandade. Tudo muito tudo no passado mais a saudade do futuro que não aconteceu. Olha a areia na ampulheta correndo solta desembestada, e eu indo junto caminhando sem pai nem mãe filhas adultas sem anteparo contra a morte já na linha de frente envelhecida sabendo que tudo passa que o tempo tudo cura sentindo a velha mania de alegria brotar miúda comovente espalhando relva fresca água clara semente aurora. E olha eu, maria-maria raiando teimosia fé doida pra ser feliz sobre a terra. Ainda. E o muito que andava pouco volta borbulhante escapando escapulindo por frestas vãos nesgas de vida. De novo tudo muito. Ah, o muito nunca míngua nem fenece. Basta olhar. E sopro no ouvido da neta, olhe tudo, meu amor, nunca pare de olhar. Que seja esse meu legado. E lá vai meu olho inquieto incansável atrás da beleza do mundo, louco para ainda me fazer suspirar calar chorar nomear entender cada vez mais que viver é caminhar com os olhos recém-nascidos. Olha o fundo do mar a aurora boreal os icebergs as dunas no deserto os picos nevados as savanas os santuários as invenções as pessoas os novos e eternos livros amigos paixões. Olha os plânctons brilhando no mar escuro os desenhos nas cavernas o vinho com os amigos os filhos dos teus filhos o resto dos teus dias. Olha quanto ainda, tudo ainda e sempre muito. Olha o vírus o absurdo o isolamento a solidão feita de medo de saudade da vida banal os mortos desfilando tristes diante da nossa perplexidade. Tudo muito tudo demais todo mundo sendo um. Olha lá, o inesperado oásis o amor na maturidade no meio da pandemia olha o amanhã a dois de novo, te amo pra sempre, tanta alegria ainda, meu Deus. E lá vou eu, olhos escancarados pela vida afora, de mãos dadas com meus olhos, que eles nunca me abandonem, que cheguemos juntos ao final, olhando tudo, o muito, o vazio, o silêncio, a morte e a graça que existe em tudo que vive. Que nos despeçamos saciados gratos trazendo dentro de nós uma miríade de imagens rostos paisagens palavras luminosas, uma nebulosa de estrelas ínfimas que adormecerão dentro de mim na quietude escura dos meus olhos fechados.

AGRADECIMENTOS

À Áurea Rampazzo, mestra amorosa, que sempre acreditou nesse livro-casa, me guiando e inspirando.

À Regina Amaral e à Vera Tarantino, pela generosidade da escuta.

À minha família e a todos que habitam as casas dentro de mim.

Ao Ricardo, pelo entusiasmo e pelas novas lembranças.

ÍNDICE

O MUNDO COMEÇA EM CASA

um rio de palavras, 11
querência, 14
sereno, 18
o trem, 20
milagre miúdo, 24
tudo umbigo, 28
socorro, 31
embalsamada, 35
a fuga, 37
criaturas do alto, 41
cura, 43
desassombrado, 45
uma casa para contar, 46
colhendo perigo, 50

inaugurando o passado, 52
a travessia do pontal, 56
países ambulantes, 58
gostosa, 61
o último dia do passado, 63
olhos que te quero, olhos, 67
cheiro de bênção, 69
o lugar de tudo, 72
berço, 76

TUDO É CASA

lista de medos, 83
aurora, 85
entre pautas e pastas, 88
sobre as ondas, 93
para ouvir cantar uma sabiá..., 95
P.E.O., 99
acrônicos, 104
reparação, 106
cama de mãe, 110
conversa no escuro, 113
nada pessoal, 116
lá vai minha filha, 119
outra conversa no escuro, 122
casario, 125
fica mais um pouco, 127

quando você me esquecer, 130
aninhada em mim, 132
por um fio, 136
em tempo, 139
nomeando, 144
tudo muito, 147

© 2023 Hilda Lucas.
Todos os direitos desta edição reservados à Laranja Original.

www.laranjaoriginal.com.br

Edição Bruna Lima
Projeto gráfico e capa Marcelo Girard
Produção executiva Bruna Lima
Diagramação IMG3
Imagem da capa "Tarde", Marcelo Girard

Dados Internacionais de Catalogação na Publicação (CIP)
(Câmara Brasileira do Livro, SP, Brasil)

> Lucas, Hilda
>   A casa dentro de mim / Hilda Lucas. – 1. ed. –
> São Paulo : Editora Laranja Original, 2023. –
> (Coleção rosa manga)
>
>   ISBN 978-65-86042-76-4
>
>   1. Romance brasileiro I. Título. II. Série.

23-167078   CDD-B869.3

Índices para catálogo sistemático:
1. Romances : Literatura brasileira B869.3
Eliane de Freitas Leite - Bibliotecária - CRB 8/8415

Laranja Original Editora e Produtora Eireli
Rua Capote Valente, 1.198
05409-003 São Paulo SP
Tel. 11 3062-3040
contato@laranjaoriginal.com.br

Fontes Janson e Geometric
Papel Pólen Bold 90 g/m²
Impressão Psi7/Book7
2.ª reimpressão 2024
Tiragem 50 exemplares